KB121474

훌리오

홀리오

펴낸날	2024년 7월 1일 초판 1쇄 발행
지은이	연지
펴낸이	최지연
편집 및 디자인	최지연
펴낸곳	리마
출판사 등록일	2024년 7월 1일
등록번호	제2024-000028호
E-MAIL	insomnia.planet@gmail.com
Instagram	@salon_de_lima
ISBN	979-11-987874-0-8 03810

훌리오

Julio

연지 소설집

Lima

차 례

"폴은 이제 깨끗해.
그러니까 안심하고 만져봐도 돼."

잭오랜턴의 구멍

❖

마치 뭔가를 알고 있는 듯한 미소였다.

기준은 화장실을 가다 말고 거실 한쪽에 놓인 잭오랜턴을 바라보며 생각했다. 볼 때마다 기분이 찜찜해지는 호박이었다. 세모꼴로 파인 눈과 코, 이빨 빠진 입 사이로 새어 나오는 주황빛이 은은하면서도 섬뜩했다.

새벽 5시, 거실은 잭오랜턴 하나만으로 충분히 밝았다. 그 손바닥만 한 공간은 늘 율의 잡동사니들로 가득했다. 율의 그림으로 만든 각종 굿즈—봉제 인형과 인센스 스틱, 그림엽서, 텀블러 등—부터 천장에 주렁주렁 매달아둔 틸란드시아, 해골 얼굴 장식품, 통 치면 오묘한 소리를 내는 금빛 싱잉볼, 나비가 갇혀 있는 투명 문진, 율이 바닷가에서 직접 주워온 특이한 모양의 돌멩이와 소라들까지. 바로 앞 화장실을 가는 데까지만 해도 눈에 보이는 것들이 너무 많았다.

매일 무엇이 추가될지는 도무지 종잡을 수 없었다. 율은 어느 날 갑자기 잭오랜턴을 만들 거라며 커다란 호박을 구해오는가 하면 피우지도 않는 파이프 담배를 사 오기도 했다. 투투라는 이름의 친구네 앵무새를 데려와 이틀 동안 돌본 적도 있었다. 정체를 알 수 없는 망태기 꾸러미들이 집으로 배송되기도 했다. 모두 율의 작업을 위한 참고 자료였다. 그림 작가로서 율은 나름 자기만의 고집이 있었다. 때론 고지식해 보일 정도였다. 한번은 창가에 생긴 거미줄을 방치해야 했던 적도 있었다. 잭오랜턴과 함께 그려 넣을 거미줄 그림을 위해서였다. 기준은 쌓여 가는 물건을 보다가 하루는 큰맘 먹고 물었다.

"그냥 사진이나 동영상 검색해서 참고하면 안 돼?"

율은 단호하게 고개를 저으며 대답했다.

"응 안돼, 직접 보고 만지면서 느껴보는 건 또 다르거든. 구할 수 있는 건 당연히 구하는 게 좋지. 적어도 나는 그래."

마음만 먹으면 그들의 15평 집도 충분히 넓게 사용할 수 있었다. 20년 된 다가구주택이 신축 아파트만큼 깔끔할 순 없겠지만, 뭐든 다 해놓기 나름 아닌가. 물론 율의 작업에 도움이 된다면야 집이 잠시—그 잠시라고 말할 수 있는 기간이 길어지고 있는 게 문제였지만—어질러져도 기준은 충분히 이해할 수 있었다. 하지만 아무리 그래도, 쥐새끼까지는 좀 너무한 거 아닌가.

화장실에서 볼일을 마치고 돌아오던 그는 서재 방 앞에 멈춰 섰다. 율이 책상 위에 켜둔 아로마 향초가 방 안을 밝히고 있었다. 어질러진 책상 너머로 폴의 케이지가 보였다. 케이지는 거실에 있는 농구공만 한 잭오랜턴이 거뜬히 들어가고도 남을 정도로 컸다. 폴은 기껏 해야 아기 주먹만 했건만…… 해먹은 왜 또 두 개씩이나 달아준 걸까. 폴은 오른쪽 뒷발을 미세하게 떨면서 해먹 위를 정신없이 오르내리고 있었다. 놈이 움직일 때마다 벽 위로 녀석의 거대한 그림자가 함께 일렁였다.

케이지 가까이 다가갈수록 폴의 사부작거리는 소리가 점점 또렷이 들려왔다. 곧이어 덜 말린 행주에서 날 법한 퀴퀴한 냄새가 풍겨왔다. 폴은 기준을 의식한 듯 기다란 꼬리를 늘어뜨리며 케이지 바닥으로 내려왔다. 그러곤 케이지 창살을 붙들고 주둥이를 바짝 들이대며 코를 벌름거렸다. 창살 밖으로 가느다란 수염이 보기 싫게 삐져나와 있었다.

더는 지켜보기 힘들었다. 기준은 얼굴을 잔뜩 찡그린 채 얼른 뒤돌아 침실로 뛰어갔다.

폴이 온 지도 벌써 사흘째. 이제 조금만 더 참으면 될 것이다. 그제 밤 율은 분명히 말했다. *쥐 삽화 건은 아쉽게도*

취소되었어. 기준은 그 말을 기억하며 율의 옆에 도로 누웠다. 애써 잠을 청했지만 허사였다. 눈을 감아도 폴이 계속 아른거렸다. 특히 그놈의 몸체만 한 긴 꼬리가 떠오를 때면 정말이지 치가 떨렸다.

그때 눈앞으로 무언가가 휙, 지나갔다. 잰 또 언제 온 거지. 투투가 곰방대를 입에 문 채 집안 곳곳을 날아다니고 있다. 담배를 물고 있느라 부리를 벌릴 수 없었는데도 투투에게 자꾸 이상한 소리가 난다. 사람 말을 따라 하는 소리는 아니었다. 그렇다고 웃음소리나 추임새 같은 소리도 아닌 듯한데…… 정체를 알 수 없는 전파 소리가 귓가를 맴돌았다.

기준은 귀를 틀어막으며 선잠에서 깨어났다. 율은 어디에 갔는지 침대 옆이 휑했다. 시계를 보니 오전 9시를 막 지나고 있었다. 때마침 신호음과 함께 율에게서 메시지가 왔다.

─오늘 파주에서 출판사 미팅 있어서 일찍 나왔어. 아침 잘 챙겨 먹고. 아참, 폴 물통에 물 좀 채워줄래?

*

잠을 설쳤던 탓인가 기준은 영 집중이 안 됐다. 자리에서 일어나 기지개를 켰다. 잠시 숨을 돌릴 필요가 있었다. 휴지를 뽑아 들고 주변을 빙 둘러보았다. 스튜디오 곳곳엔 그새 먼지가 뽀얗게 쌓여 있었다. 기준은 스피커와 데스크톱 모니터, 커피 머신을 휴지로 한번 스윽 문질렀다. 녹음실 부스에 들어가 마이크 상태도 꼼꼼히 점검했다. 응접실 소파 쿠션을 보기 좋게 바로잡으며 벽에 걸어둔 화이트보드 달력을 바라보았다. 오늘은 빈칸이었다.

그러고 보니 이번 달엔 공란이 꽤 많았다. 어째서 일감이 계속 줄어드는 느낌일까. 그래도 내일 날짜엔 다행히 무언가 적혀 있다. 오후 두 시, *개인 보컬 앨범 제작 건.* 그 다음주엔 오디오북 녹음. 오늘까지는 일단 장 감독 의뢰물에 집중하면 되었다.

이틀 전, 장 감독은 기준의 음향 스튜디오에 찾아와 녹음파일 하나를 들려줬다. 그가 직접 녹음해온 것이었다. 파일을 재생하자 정체를 알 수 없는 지지직거리는 소리가 흘러나왔다.

"구식 텔레비전이 고장 났을 때 화면에서 나는 소리를 직접 딴 건데요, 미래 도시가 배경인 필름에 들어갈 사운드예요."

그는 개인 유튜브 채널에 업로드할 숏 필름을 제작 중이라고 했다. 자신을 '감독'이라고 소개하는 그 장 씨 청년은 기준보다 한참 어려 보였으나 말투나 행동은 제법 의젓했다.

"열정이 대단하시네요. 텔레비전 화면 조정 소리를 그렇게 연상하셨다니요."

기준은 정중히 웃어 보이며 말했다. 사실 머릿속으론 부지런히 계산기를 두드리고 있었다. 이 건은 얼마를 불러야 좋을까, 하고.

그날 장 감독에게 안내했던 작업비를 떠올리며 기준은 다시 책상에 앉았다. 곧바로 하품부터 나왔다. 오늘만큼은 파업이라도 하고 싶었다. 사실 그래도 크게 상관없었다. 기준은 스튜디오의 유일한 대표이자 직원이었으므로. 하지만 게을러져선 곤란했다. 누군가 디지털 앨범을 만들어 달라며 차마 들어주기 힘든 음원을 잔뜩 맡겨 와도, 손님들이 팟캐스트 녹음을 한답시고 찾아와선 시답잖은 잡담이나 계속하더라도, 열심히 다듬은 결과물이 그저 누군가의 유튜브에 올라갈 어설픈 영상의 배경음으로만 쓰이게 된다 해도 기준은 군말 없이 작업했다. 의뢰자가 심심찮게 대가만 챙겨준다면 문제없었다.

마음을 겨우 다잡고 작업을 막 재개하려는데, 부산한 인기척과 함께 스튜디오 출입문이 열렸다.

"집에 없길래 여기 있을 줄 알았어. 오후 출근할 거라면서 일찍 나왔네."

율이었다. 모처럼 눈매를 잔뜩 강조해 화장한 얼굴이었다. 그래도 특유의 둥글둥글한 인상은 여전했다. 그녀는 손에 든 투명 비닐백을 테이블에 내려두며 말했다.

"미팅이 생각보다 일찍 끝나서 바로 서울로 돌아왔어. 점심 아직이지? 여기 리코타 단호박 샐러드 되게 맛있어. 아 참, 근데 왜 폴 물통 안 채워줬어? 내가 보냈던 메시지 못봤어?"

기준은 입을 꾹 다문 채 율이 건네준 샐러드 포장을 뜯었다. 그러다 결국 참지 못하고 말했다.

"새 작업 도서는 웰빙 푸드를 주제로 한 테마 에세이라며. 그럼 이제 그 쥐새끼는 풀어줘도 되지 않아?"

"기준아, 쥐새끼가 아니라 폴이야. 우리 폴은 애완용 래트라고. 오늘 동물병원 들러서 폴 사진 보여주면서 물어봤는데, 생후 6개월 정도 된 것 같대. 요즘 래트 키우다가 아무 데나 유기하는 사람들이 많아졌다더라."

애완용 래트라니. 기준의 눈에 폴은 그저 시궁쥐였다. 병균이나 잔뜩 옮기고 다니는 더러운 쥐. 그런 애한테 이름까지 붙여주다니. 게다가 폴은 기준의 영어 이름이었다. 왜 하필 똑같은 이름을 갖다 붙였을까.

"폴은 말하자면 움직이는 쓰레기 같은 거야. 쓰레기는 다시 버리면 되고."

"어떻게 우리 애한테 그런 상스러운 말을 할 수 있어? 왜 내가 아끼는 폴을 쓰레기 취급하는데?"

기준의 말이 끝나기가 무섭게 율이 격앙된 목소리로 외쳤다. 기준도 덩달아 언성이 높아졌다.

"이름은 왜 그렇게 지은 건데? 내 영어 이름이 폴이잖아. 그럼 내가 좋아할 줄 알았어?"

"네 영어 이름이 폴이라면 p로 시작하는 폴이겠지. 우리 폴은 가을에 만나서 fall이라고 지었거든? 에프 에이 엘엘, 폴!"

"그럼 폴이 아니라 펄이라고 불러야 더 맞지."

기준은 아랫입술을 앞니로 깨물며 에프 발음을 거듭 강조했다.

*

'펄'을 '폴'이라고 발음하는 건 '율'을 '열'이라고 잘못 부르는 것과 다름없었다. 특히 오디오북 녹음 작업 땐 그런 발음 차이 하나하나가 얼마나 중요한지 율은 모를 것이다. 그나저나 폴더러 우리 애라니. 우리? 애? 율이 떠난 뒤에도 그녀의 목소리가 허공을 맴돌았다. 기준은 양손으로 귀를 틀어막고 사무실 안을 뱅뱅 돌았다.

깔끔하게 살고 싶다는 소망이 그렇게 큰 욕심이었던가. 기준은 어렸을 적 살았던 집 부엌 귀퉁이에서 보았던 기다란 쥐 꼬리를 생생히 기억했다. 그 꼬리를 잡아당겼을 때 잔뜩 으스러져 있던 그놈의 머리통도…… 율은 알까, 그가 스튜디오를 청소할 때마다 '이렇게 깨끗이 해둬야 쥐새끼가 안 나오지' 하며 중얼거린다는 것을.

기준은 커피 머신 앞으로 터덜터덜 걸어갔다. 작업을 재개하려면 카페인 보충이 절실했다. 컵을 올려두고 버튼을 누르자 지잉 하고 원두 갈리는 소리가 났다.

기준은 더 이상 커피 머신 가까이 녹음기를 들이대는 짓 따윈 하지 않았다. 커피가 졸졸 흘러내리는 소리는 물론 바람이 나뭇잎에 스치는 소리, 타자기 두드리는 소리, 풀벌레가 우는 소리 등 주변의 온갖 소리를 핸드폰으로 틈틈이 녹음했던 날들도 다 먼 옛날 같았다.

8년간 잘 다니던 번듯한 레코딩 스튜디오를 관두고 드디어 그만의 스튜디오를 열게 되었을 때, 기준은 의욕이 넘쳤다. 드디어 나만의 것을 갖게 되었다는 생각에 설레기도 했다. 미세한 잔향을 판별하고, 거친 소리를 튜닝하는 그 모든 과정이 즐거웠다. 언젠가 그간 녹음해둔 세상의 온갖 소리를 섞어 뭔가 근사한 믹싱을 시도해 봐도 좋을 것 같았다.

물론 상황이 좋지만은 않았다. 퇴직금은 대출을 갚느라

금방 바닥 났고, 강남 한복판에 구한 스튜디오 월세도 만만찮았다. 수입보다 지출이 많은 달이 점점 늘어 갔다.

그럼에도, 기준은 잘 해내고 싶었다.

마흔도 되기 전 과감히 퇴사를 감행할 수 있었던 건 다율 덕분이었다. 그녀는 기준의 선택을 지지해주었다. 스튜디오 개업 첫날, 율은 어느 SF 작가가 했다는 말을 인용하며 기준의 손을 꼭 잡았다. 그러면서 말했다.

"기준아, 불안은 *자유의 현기증*이래. 앞으로 다 잘 될 거야. 우리 꼭 함께 행복해지자."

*

대로변을 따라 누런 은행잎들이 잔뜩 떨어져 있었다. 고개를 들자 멀리 엄마와 손을 잡고 걷던 아이가 낙엽을 주워 들고 방방 뛰는 모습이 보였다. 율은 모녀를 눈으로 좇으며 계속 걸었다. 문득 기준과 연애하던 시절 그에게 받았던 낙엽 하나가 떠올랐다. 두꺼운 책 사이에 오래도록 말려 두었던 빨간 단풍잎이었다. 율은 그때 낙엽을 들고 저 아이처럼 기뻐했다. 그 단풍잎은 아직도 잘 간직하고 있었다.

기준은 낭만적인 구석이 있었다. 귀뚜라미 소리나 매미 소리를 파도 소리, 바람 소리와 믹싱해 선물해준 적도 있었다. 하지만 언제부턴가 기준에게 그런 감성은 모조리 사라져버린 듯했다. 요즘 들어 그는 부쩍 예민했다. 말투에도 자주 짜증이 배어 있었다. 조금 전 스튜디오에서만 해도 그랬다. 그러고 보니 지난주엔 집주인과 잠깐 대화하고 온 뒤 혼자 욕을 지껄이기도 했다. 갑자기 물건을 탁탁 소리 나게 두며 정신없이 청소하곤 했다. 물론 그러면서도 율의 물건을 함부로 버리거나 옮기지는 못했지만.

집이 있는 골목으로 막 들어섰을 때였다. 율은 모퉁이 한편에 투명한 쓰레기봉투 하나가 덩그러니 놓여 있는 것을 발견했다. 봉투 안은 이상하리만치 죄다 누런빛이었다. 봉투 가까이 가서 보니 은행낙엽 더미였다. 길에서 본 낙엽들과 저 안의 것들이 같은 은행잎이라니. 쓰레기봉투 안에 들어 있으니 낙엽이 아니라 그저 쓰레기더미 같았다.

그때 뚱뚱한 검정고양이 한 마리가 율의 앞으로 다가왔다.

"어머, 너 또 왔네."

율은 반갑게 인사하며 쭈그리고 앉았다. 그녀가 검뚱이라고 부르는 길고양이었다.

사흘 전에도 율은 검뚱이를 마주쳤다. 작업할 그림을 생각하며 밤 산책을 하던 날이었다. 그날 율은 산책을 하면서 열심히 머리를 굴리고 있었다. 래트를 어디서 구하면 좋을까 하고.

새로 의뢰받은 삽화는 애완 쥐가 등장하는 동화책에 들어갈 그림이었다. 그녀는 쥐의 작은 움직임을 직접 관찰하면서 작업하고 싶었다. 하지만 주변에 쥐를 키우는 사람은 한 명도 떠오르지 않았다. 어렸을 땐 햄스터를 키우는 친구들이 종종 있었는데…… 율은 햄스터를 별로 좋아하지 않았다. 그놈들은 자기가 낳은 자식을 먹어버리는 녀석들이었다. 잔인하기도 하지. 어쩜 그럴 수가 있을까? 그래도 쥐라고 다 같진 않았다. 출판사가 보내준 원고 파일을 다 읽고 율은 주인공 쥐가 래트 종이라는 것을 알게 됐다. '작가의 말'에서 저자는 친절하게 설명해주었다. *래트는 머리도 좋고 강아지처럼 사람 손도 잘 타는 쥐입니다. 반려 동물로 키우는 사람도 꽤 있죠.*

오늘은 검둥이가 떠날 생각이 없어 보였다. 밥이라도 내놓으라는 듯 율의 주변을 계속 맴돌고 있었다. 사흘 전 산책길에서 마주쳤을 땐 금세 사라졌건만. 물론 그건 다행인 일이었다. 안 그랬으면 폴을 만나지 못했을 테니까. 그날 밤 율은 검둥이가 떠난 직후 골목 귀퉁이에서 무언가 꾸물거리는 것을 발견했다. 자세히 보니 쥐 한 마리가 폐품 더미를 발판 삼아 담벼락을 기어오르고 있었다. 율이 폴과 처음 마주쳤던 순간이었다. 폴은 뒷발을 다쳤는지 밑으로 떨어지길 반복했다. 율은 안타까운 마음으로 그 모습을 지켜보았다. 그러다 충동적으로 옆에 쌓여 있던 종이박스 하나를 집어 들었다. 그러곤 거기에 폴을 담아 집으로 데려갔다.

기준은 폴을 보자마자 기겁하며 뒷걸음쳤다. 충분히 예상했던 반응이었다. 율도 폴을 처음 발견했을 때 흠칫 놀랐으니까. 하지만 폴은 보면 볼수록 제법 귀여웠다. 율은 다음날 전용 케이지를 구해와 그곳에 폴을 옮겨주었다. 물통을 채워주자 폴은 배고픈 아기처럼 허겁지겁 물을 마셔댔다. 그녀는 케이지 앞에 쭈그리고 앉아 한참 동안 그 안을 바라보았다. 그러다 작업을 시작하려고 책상에 막 앉았는데, 출판사로부터 전화가 왔다. 담당 편집자는 삽화 의뢰 내용을 변경해야 할 것 같다고, 쥐 삽화 건은 AI 포토샵 이미지를 활용하게 될 것 같다고 했다. 율은 무척 실망했지만 목소리를 가다듬으며 답했다. "아쉽지만 어쩔 수 없죠, 뭐." 그녀는 수화기를 귀와 어깨 사이에 낀 채 옷장에서 안 입는 면 티셔츠를 꺼내고 있던 참이었다. 폴의 케이지 안에 해먹을 달아주고 싶었다.

전화를 끊자마자 율은 티셔츠 천을 손바닥만 하게 잘라냈다. 그러곤 케이지 창살 한쪽과 물통 지지대에 자른 천을 가로질러 매달았다. 그때 불현듯 어디선가 읽은 내용이 떠올랐다. *래트는 사회성이 좋아서 혼자 놔두면 외로워해*

요. 친구가 있으면 좋아요.

율은 티셔츠를 한 뼘 더 잘라 해먹을 추가했다. 언젠가 폴 같은 아이를 한 마리 더 데려오게 될지도 몰랐으므로.

*

장 감독에게서 연락이 온 건 율이 스튜디오를 떠난 지 삼십 분도 채 안 됐을 때였다. 그는 라디오 주파수가 잘못 맞춰졌을 때 들리는 치지직 하는 소리를 7초 간격으로 전 구간에 추가해달라고 요청했다. 그러면서 덧붙였다.

"그래야 좀 더 리얼리티가 살 것 같아서요."

아직 아무도 경험해본 적 없는 미래 도시의 리얼리티는 대체 어떻게 살릴 수 있단 말인가. 장 감독은 율처럼 어딘지 모르게 집요한 구석이 있었다. 기준은 일단 알겠다고 대답하며 전화를 끊었다.

데스크톱 모니터 화면 위로 들쑥날쑥한 음성 주파수 선들이 보였다. 모니터를 계속 응시하던 기준은 순간 현기증이 났다. 헤드폰을 벗어 막 내려두는데 책상 위에 있던 액자가 쓰러졌다.

기준은 액자를 도로 세워두며 그 안에 끼워져 있던 그림

22

을 바라보았다. 풍성한 반곱슬머리에 둥그런 안경을 쓴, 서글서글한 눈매를 가진 남자가 보였다. 율이 스케치해준 기준의 얼굴이었다. "자긴 짧은 턱과 통통한 볼 때문에 나이보다 어려 보이는 인상이야." 스케치에 들어가기 전, 율은 기준의 얼굴을 몇 번이나 만지고 쓰다듬으며 말했다. 기준은 실제로도 율보다 세 살 더 어렸다. 하지만 율은 기준보다 훨씬 밝고 활기찼다. 기준은 그런 율을 볼 때마다 기분 좋은 자극을 받았다. 그녀는 기준이 보기엔 별것 아닌 그림들도 늘 공들여 그렸다. 작업하는 매 순간을 즐길 줄 알았다. 돈이 생길 때면 비싼 가방이나 옷, 가전제품 대신 작업에 필요한 물건을 사곤 했다.

결혼을 앞둔 어느 날, 율은 말했다. "애를 꼭 낳아야 한다는 생각은 안 들어. 게다가 이 험난한 세상에서 아이를 키우는 건 정말이지……." 그녀는 우리 둘만으로도 충분하다고, 매일 데이트하듯 둘이서 잘 지내보자고, 외로우면 강아지든 고양이든 동물을 키우면 된다고 했다. 기준도 그 말에 전적으로 동의했다. 그땐 쥐 따윈 언급되지도 않았으므로.

기준은 액자 위 먼지를 깨끗이 닦아냈다. 이제 작업을 재개해야 했다. 하지만 시작도 하기 전 하품이 연달아 나왔다. 마우스에 손을 막 올리던 그는 순간 화들짝 놀랐다. 마우스와 연결된 기다란 선이 꼭 폴의 꼬리처럼 보였기 때문이다. 정신을 차리자 마우스는 어느새 책상 너머로 날아가 있었다. 기준은 마우스 어댑터를 본체에서 뽑은 뒤 선을 돌돌 말아 감았다. 그가 냅다 던져버린 마우스는 표면이 살짝 깨져 있었다. 당장 무선 마우스로 바꿔야지 안 되겠다 싶었다.

그때 책상 위에 두었던 핸드폰이 진동했다. 화면을 보니 메시지가 한 통 도착해 있었다.

—사장님, 직전 날 취소해서 죄송해요.

내일 예약되어 있던 개인 보컬 앨범 의뢰자가 보낸 메시지였다. 기준은 불현듯 얼마 전 근처에 새로 개업한 음향 스튜디오가 떠올랐다. 기준의 스튜디오에서 도보로 15분 거리에 있는 곳이었다. 설마 그쪽으로 옮겨간 건 아니겠지. 검색창을 열고 새 스튜디오 이름을 입력했다. 홈페이지에 들어가자 오픈 이벤트로 파격 할인 행사를 공지하는 팝업 창이 떴다. 사이트 배경 화면 위로 고급 장비들이 구비된 멋진 실내 사진이 보였다. 간단한 음향 작업만 하고 있는 기준의 스튜디오와 달리 그곳은 음악 레코딩을 바로 할 수 있는 악기 룸까지 함께 갖춰져 있었다.

홈페이지 메뉴들을 하나하나 클릭해보던 기준은 핸드폰을 집어들고 메시지를 뚫어져라 쳐다봤다. 그러다 고민 끝에 통화 버튼을 눌렀다.

"준 스튜디오입니다. 취소 해약금 보내주셔야 합니다.

그런데 혹시, 작업하실 음향 스튜디오를 옮기신 걸까요? 설마 요 근처 새로 개업한 리얼스튜디오로?"

"사장님도 참, 그게 무슨 말씀이세요. 그냥 무료 믹싱 마스터링 앱 다운받아서 해보려고요. 퀄리티도 그렇게까지 나쁘진 않아 보이더라고요."

기준은 열심히 설득했다. 그건 아니라고, 전문가가 직접 하나 하나 음을 다듬어주는 것과는 확실히 차이가 크다고, 음악하는 사람들은 그 미묘한 차이를 귀신같이 알아챌 거라고.

하지만 수화기 너머의 남자는 마음을 바꿀 생각이 없어 보였다. 기준은 전화를 끊자마자 계좌번호를 보냈다. 갑자기 극심한 피로가 몰려왔다. 맨손으로 얼굴을 쓸어내리는데 손끝에 까칠한 감촉이 느껴졌다. 거울을 들여다보니 인중과 턱 위로 거무스름한 수염이 돋아나 있었다. 어쩌다 이런 몰골이 되었나. 매일 아침 면도를 잊지 않던 그였건만, 거울 속 남자는 초췌하기 그지없었다. 다크 써클은 광대까지 내려와 있었고, 머리는 잔뜩 기름져 있었다. 며칠째 제대로 씻지 못한 탓이었다.

기준은 율이 폴을 씻긴 세면대가 있는 화장실에 오래 있고 싶지 않았다. 볼일을 볼 때도 세면대 쪽은 되도록 쳐다보지 않으려 애썼다. 율은 그런 기준의 마음을 전혀 알지 못하는 듯했다. 그저 매일 폴에게만 집중했다. 마치 폴을 돌보기 위해 태어난 사람처럼 굴고 있었다. 매일같이 목욕을 시켜주는가 하면 다 씻기고 나선 아기 다루듯 부채질까지 해줬다. 그러면서 기준에게 말하곤 했다.

"폴은 이제 깨끗해. 그러니까 안심하고 만져봐도 돼."

*

도박으로 하루 만에 돈을 날렸다는 어느 지명수배 중이던 사기범이 붙잡혔다는 단신이었는데, 글쎄 그 하루 만에 날린 돈 액수가 딱 우리 전세금이었던 거 있지.

율은 기준을 기다리며 그에게 편지를 쓰고 있었다. 폴을 씻길 때 틀어 놓았던 라디오에서 터무니없는 뉴스를 듣고 난 직후였다. 평소 같았으면 그녀는 이런 손편지 대신 곧장 메시지를 보냈을 것이다. 우리한텐 전 재산인 돈이 누군가에겐 그저 하루 놀음치였던 게 웃기지 않냐고, 그런 사람들에겐 우리처럼 주식이며 투기 따위는 모르는 사람들이 참 바보 같아 보일 거라고, 간이 콩알만 하다면서 우스워할 거라고.

그래도 난 우리가 자랑스러워. 하고 싶은 일을 정직하게 하면서 살고 있잖아. 물론 일이 계속 줄고 있어 걱정이지만…… 그래도 기준아, 나는 너와 함께여서 든든해. 다 잘 헤쳐나갈 수 있을 거야. 게다가 이젠 폴까지 함께 있잖아? 우리 폴이 외롭지 않도록 같이 잘 돌봐주자.

여기까지 쓴 뒤, 율은 손바닥만 한 메모지를 반으로 두 번 접었다.

물론 율도 모르지 않았다. 폴이 온 뒤부터 기준이 확실히 더 냉랭해졌다는 것을. 그래, 쥐를 좋아하지 않을 수도 있다는 건 이해했다. 율도 쥐를 집에 들이게 될 줄은 상상도 못 했으니까. 기준에겐 아마 시간이 필요할 것이다. 그나저나 기준의 영어 이름이 폴이었다니. 율은 그제야 기준의 메일주소 아이디—paul_0723—가 떠올랐다. 그래, 7월 23일은 기준이 생일이고, 그 앞에 붙은 paul이 기준의 영어 이름이었다는 것을 왜 눈치채지 못했을까. 그런데 왜 하필 폴이라고 지은 걸까. 폴 매카트니의 폴? 기준인 비틀즈 팬도 아닌데…….

율은 기준에 대해 모르는 게 아직 많았다. 결혼 전 2년 넘게 그를 만났음에도 매일 새로운 것투성이였다. 역시 함께 살아보지 않으면 알 수 없는 법일까. 그녀는 영어사전 앱에서 Paul과 Fall을 검색한 뒤 스피커 모양의 아이콘을 번갈아 눌러보았다. 두 단어는 확실히 서로 미묘하게 발음이 달랐다.

율은 소리 내어 폴을 불러보았다. 한번은 폴로, 한번은

펄로, 마지막으론 폴과 펄 그 사이 어딘가의 발음으로. 폴은 율이 뭐라고 부르든 별다른 반응이 없었다. 아까부터 계속 몸을 축 늘어뜨린 채 해먹 위에서 잠만 자고 있었다.

그때 도어락이 열리는 소리가 들렸다. 율은 편지를 얼른 식탁 위에 잘 보이도록 올려뒀다. 하지만 기준은 율 쪽으론 눈길 한번 던지지 않고 들어오자마자 다용도실로 향했다. 그러곤 옷을 전부 벗어 세탁기에 집어 던지더니 곧바로 화장실로 향했다.

문을 쾅 닫는 기준을 보며 율은 순간 아차 싶었다. 조금 전 폴을 씻기고 닦아주었던 갈색 수건을 화장실에 그대로 걸어두었던 게 생각났다. 그녀는 새 수건을 얼른 챙겨와 화장실 문고리에 걸어두며 외쳤다.

"기준아, 샤워 다 하고 나면 내가 문에 걸어둔 수건 가져다 써."

*

문밖에서 율이 뭐라고 하는 듯했지만 잘 들리지 않았다. 또 뭐 사다 놓으니 챙겨 먹으라는 소리겠지. 기준은 뜨거운 물로 소독이라도 하듯 샤워기로 세면대를 여러 번 씻어

냈다. 그러다 세면대와 그 위의 커다란 거울 사이 벽에 붙어 있는 엽서가 눈에 들어왔다. 율이 굿즈로 제작했던 잭오랜턴 그림엽서였다.

엽서는 투명 방수 테이프로 표면을 감싸 붙였음에도 그간 물에 젖었다 마르길 반복한 탓에 표면이 살짝 울어 있었다. 기준은 호박 얼굴을 손가락으로 꾹꾹 눌러보았다. 테이프로 휘감아둔 덕에 엽서는 제법 두꺼웠음에도 바로 뒤의 구멍 때문에 종이가 벽 안쪽으로 미세하게 눌렸다.

기준이 그 아기 주먹만 한 구멍을 처음 발견했던 건 한창 신혼집을 알아보러 다니던 어느 날이었다. 수압을 확인하러 물을 틀었을 때, 기준은 세면대 바로 위쪽 벽에 검정색 절연 테이프가 붙어 있는 것을 발견했다. 테이프를 떼어보니 타일 한가운데가 뻥 뚫려 있었다. 컴컴한 홈 안쪽으로 먼지가 쌓인 피복선 몇 가닥이 보였다. 보아하니 화장실 전등과 연결된 전선인 듯했다.

율이 그때 구멍을 보고 분명 뭐라고 했었는데…… 기준은 머리를 감으며 그날을 계속 복기해봤지만 율이 했던 말은 잘 기억나지 않았다. 다만 부동산 중개인이 그들의 찡그린 표정을 보며 했던 말은 정확히 기억났다.

"집주인한테 고쳐 달라고 말 안 하는 게 좋을 거예요. 내가 주인 양반한테 먼저 말해봤는데, 그럼 전세가를 더 올리겠다고 했었거든. 요즘 서울 한복판에 이 정도 전세가로

내놓은 다가구주택 찾기도 정말 힘들어. 이만하면 오래된 집치고 깔끔한 편이에요. 평수도 넓게 나왔고. 잘 생각해 봐요, 놓치면 후회할 거야."

샤워를 마치고 기준은 걸려 있던 갈색 수건으로 몸을 닦았다. 화장실 문을 열고 나오자 문고리에 수건이 또 걸려 있었다. 기준은 그 수건으로 머리를 마저 말리며 냉장고로 향했다.

율은 어디에 갔나 보이지 않았다. 물을 꺼내 마시던 기준은 식탁 위에 쪽지 하나가 놓여 있는 것을 발견했다.

접힌 쪽지를 살펴보던 기준은 순간 헛웃음이 나왔다. 종이 위엔 기준과 율, 그리고 그들 사이에 햄토리를 닮은 커다란 눈망울을 가진 쥐 한 마리가 그려져 있었다. 그야말로 과장된 그림이었다. 폴의 눈은 해바라기 씨처럼 톡 치면 터질 듯 징그러웠건만……. 쪽지를 펼치자 율의 정갈한 손글씨가 보였다. 기준은 천천히 편지를 읽어 내려갔다. 편지가 끝을 향해갈수록 기준의 미간은 점점 일그러져 갔다. 우리 폴이 외롭지 않도록 같이 잘 돌봐주자고? 우리 폴? 외롭지 않도록? 같이 뭘 어째?

때마침 잠시 외출했던 율이 들어오고 있었다. 기준은 율의 손에 들린 검정 비닐봉투에 눈길이 쏠렸다. 봉지 표면이 물결치듯 움직이고 있었다. 율은 신발을 벗고 들어오며 양손으로 봉투를 안아 들었다.

"대체 손에 뭐 들고 있는 거야. 그 안에 든 거 뭐야!"

비닐봉지 안엔 캔맥주 두 개와 감자 칩 한 봉지가 전부였다. 율은 봉지를 열어 보이며 외쳤다. 뭐가 그렇게 문제냐고, 대체 왜 그러는 거냐고. 하지만 그녀는 곧 입을 다물어야 했다. 기준의 어깨에 걸쳐 있는 갈색 수건이 눈에 들어왔기 때문이다.

율은 당황한 표정으로 갈색 수건과 케이지 안의 폴을 번갈아 쳐다보았다. 순간 기준은 등골이 서늘했다. 율의 눈짓이 무엇을 의미하는지 알 것 같았다. 그는 수건을 바닥에 내팽개치며 당장 옷을 챙겨 입고 뛰쳐나갔다.

*

마르지 않은 머리 때문에 한기가 가시질 않았다. 기준은 몸을 잔뜩 움츠리며 외투를 여몄다. 집 근처 목욕탕에서 막 나오는 길이었다. 모처럼 물속에서 오래 몸을 불린 뒤 때까지 벗기고 비누칠도 몇 번이나 했건만, 영 개운치 않았다. 그 와중에 배에선 꼬르륵 소리까지 났다.

따뜻한 음식이 먹고 싶었다. 문득 지난해 율이 만들어줬던 호박죽이 떠올랐다. 허기가 질 때마다 생각나는 그 달고 따뜻했던 죽은 기준이 살면서 먹어본 호박죽 가운데 최고였다.

"어느 영어 유치원에서 제작 중인 교재에 잭오랜턴 그림이 필요하대. 엽서 굿즈도 제작해달라고 하더라."

지난해 가을, 율은 갑자기 6킬로짜리 늙은 호박을 사 들고 와선 말했다. 그러곤 호박 속을 칼로 열심히 파내기 시작했다. 기준이 도와주겠다고 해도 율은 한사코 거절했다.

"자긴 핼로윈 호박 등 이름이 왜 잭오랜턴인지 알아?"

기준이 고개를 저어 보이자 그녀는 기다렸다는 듯 신나게 말했다.

"옛날에 아일랜드에 잭이라는 남자가 살고 있었는데, 알아주는 술꾼에다 스크루지 뺨치는 악덕 구두쇠였대. 잭은 남을 골탕 먹이기를 즐겼는데, 죽기 전까지도 그 성격은 변함없었지. 악마가 그의 영혼을 빼앗아 가려고 찾아왔던 날 잭은 장난기가 발동해. 그는 악마에게 부탁하지. 죽기 전에 저 나무 위에 있는 과일 하나만 먹게 해 주면 안 될까요? 악마는 잭을 불쌍히 여기며 나무에 올라갔어. 잭은 그 틈을 놓치지 않고 재빨리 성호를 그었지. 기준이 너도 알겠지만 악마한테 십자가는 치명적이잖아."

율은 그 말을 하면서 칼을 든 오른손으로 성호를 그어 보였다. 그다음엔 율이 무슨 이야길 해줬더라. 고개를 들자 보름달이 훤했다. 소원이라도 빌어야 하나. 기준은 달을 보고 걸으며 주머니 속 약통을 꽉 쥐었다. 조금 전 목욕탕 앞 약국에서 샀던 쥐약이었다.

결심을 굳게 하고 집으로 향하고 있었건만 어느새 그는 집과 반대쪽 골목으로 우회하고 있었다. 그때 기준의 머릿속에서 다시 율의 목소리가 들려왔다. 잭은 악마의 복수로 죽어서 천국도 지옥도 못 간 채 구천을 떠돌게 돼. 그는 아일랜드의 강추위를 견디지 못하고 결국 악마에게 사정하지. 숯 좀 주세요. 잭은 순무의 속을 비우고 그 안에 악마에게 얻은 숯을 넣어. 그렇게 만든 랜턴 겸 난로를 들고 잭은 계속해서 정처 없이 배회했지. 율은 그 순무가 호박으로 바뀌어 오늘날의 잭오랜턴이 됐다고 했다. 그러면서 호박 표면에 눈과 코, 입을 스케치하기 시작했다.

"아이들이 내 그림을 보고 즐거워했으면 좋겠어. 어떤 모양으로 파내야 더 특이해 보일까?"

기준은 어깨를 으쓱해 보였다. 그는 이리저리 튄 호박 잔해물을 치우느라 한참 바빴다. 콧노래가 절로 나왔다. 그 정도 어질러진 것쯤이야 기준은 아무렇지도 않았다. 아니, 그보다 더 어질러졌어도 상관없었을 거다. 그날을 생각하면 그는 늘 입가에 미소가 번졌다. 진심으로 행복했던 날이었다.

집에 거의 도착했을 무렵이었다. 무언가 담벼락 아래를 휙 지나가는 것이 보였다. 가로등 불빛 아래 굵고 기다란 꼬리 모양의 그림자가 벽을 스치며 사라졌다. 기준은 빠르게 뛰는 심장을 진정시키기 위해 숨을 크게 들이마셨다.

*

집에 돌아왔지만 율은 보이지 않았다.

기준은 집 구석구석을 조용히 살폈다. 웬일인지 서재에 있던 폴의 집이 거실 한가운데 놓여 있었다. 케이지는 수건으로 덮여 있었다. 기준이 집을 뛰쳐나오기 전 바닥에 내동댕이쳤던 갈색 수건이었다.

폴이 자고 있는지 케이지 안에선 아무런 기척이 없었다. 평소엔 자다가도 기준이 다가가면 벌떡 일어나 부산을 떨던 녀석이…… 그때 기준의 핸드폰이 진동했다.

—매일 목욕을 시켜줘서 감기가 걸린 것 같아. 너 나간 뒤 한 시간쯤 뒤인가, 조용해서 들여다보니 폴이 숨을 쉬지 않더라고. 내가 애를 너무 무리하게 돌봤나 봐…….

율이 보낸 메시지였다. 이모티콘이 가득했던 평소 메시지와 달리, 마침표와 쉼표가 단호하게 붙은 문장들이 이어졌다. 그녀는 폴을 근처 화단에 묻어주고 오겠다고, 케이지도 곧 갖다 버릴 거니 걱정하지 말라고 했다.

수건을 들춰 보니 케이지 안은 먼지 한 톨 없이 깨끗했다. 쓰레기통 뚜껑을 열자 케이지 안에 매달려 있던 해먹천 쪼가리들이 보였다. 기준은 조금 전 약국에서 샀던 쥐약을 주머니에서 꺼내 쓰레기봉투 깊숙이 처넣었다.

율은 지금 어디쯤 오고 있을까. 폴은 다 물었을까. 전화를 해봐도 여전히 신호음만 갈 뿐이었다. 그런데 많은 것들을 정리할 필요가 있어 보인다라니. 기준은 화장실에서 손을 씻으며 율의 메시지 속 마지막 문장을 계속 곱씹었다. 하긴, 집에는 폴 외에도 정말 많은 것들이 있었다. 핼로윈 데이를 챙기지도 않는 그들에게 잭오랜턴이나 거미줄 따위는 필요하지 않았다. 완판되지 못한 그녀의 굿즈들은 수납장에 잘 보관해두면 좋을 것이다. 율의 작업 방도 기준의 스튜디오처럼 말끔하게 치워둔다면 그녀도 더 쾌적한 환경에서 그림을 그릴 수 있을 것이다. 그런 생각을 하며 막 고개를 드는데, 세면대 거울 아래 못 보던 그림이 보였다. 잭오랜턴이 웃고 있던 자리에 호박 대신 얇은 펜으로 정교하게 그린 쥐가 보였다. 좁쌀만 한 눈에 세모꼴 주둥이, 양 볼에 돋아난 가느다란 수염, 촘촘한 잿빛 털에 말랑말랑하고 기다란 꼬리…….

폴이었다.

그것은 율이 그렸던 그 어떤 작품보다 사실적인 그림이

었다. 엽서 우측 하단엔 율의 서명과 함께 짤막한 문구가 적혀 있었다.

디어 폴, *R.I.P.*

때마침 구멍 뒤에서 무언가 찍찍거리는 소리가 들려왔다. 순간 기준은 헛구역질이 나왔다. 잘못 들은 거겠지. 그래, 요즘 이래저래 신경 쓰였던 게 많았으니까.

기준은 다짐했다. 조만간 빈틈이 하나도 없는 화장실이 있는 집으로 이사 가겠다고. 물론 구체적인 계획은 아직이었다. 솔직히 계획이 다 무슨 소용인가. 어느 날 갑자기 폴이 집에 들어왔던 것처럼, 그러곤 갑작스럽게 죽어버린 것처럼 내일 당장 무슨 일이 일어날지도 예측할 수 없는 마당에…… 그럼에도 간절히 바랐다. 기준은 율과 함께 오랫동안 잘 살고 싶었다. 언젠가 그들을 똑 닮은 아이도 낳아 키우고 싶었다. 기준이 생각하기에 율만큼 그를 이해해줄 수 있는 사람은 또 없었다. 그는 율과 행복해지기를 결코 멈출 수 없었다.

폴의 얼굴을 바라보며 기준은 차가운 물로 여러 번 입을 헹궈 냈다. 몇 번을 헹궈도 입안은 계속 텁텁하기만 했다.

"파커는 란에게 훌리오를 되찾아 줘야겠다고 생각했다.
그러니까 절대 날아가지 않을 훌리오를."

훌리오

1

"대체 어디로 간 걸까요?"

홀리오가 사라진 뒤 옴니맨션 사람들은 저마다 그의 행
방을 추측하느라 바빴다. 길을 잃었나봐요, 워낙 눈에 띄
는 애니까 어디서든 금방 발견되겠죠, 어디 산 속에서 쥐
도 새도 모르게 죽어 있는 건 아니겠죠…… 하지만 다들
언제 그런 일이 있었냐는 듯 곧 일상으로 돌아갔다. 홀리
오의 행방을 여전히 궁금해하는 사람들이 나타날 때면 옴
니맨션 대표 장 씨는 이렇게 말했다.

"어디로 가긴 어디로 가요, 말 그대로 하늘나라로 간 거
지."

홀리오가 사라진 건 정확히 한 달 전, 란의 생일날이었
다.

그날 맨션 앞뜰에선 란의 팔순을 축하하는 조촐한 파티
가 열렸다. 가족이 없는 란을 위해 옴니맨션 이웃들이 준
비해준 행사였다. 모처럼 두 개 동 사람들이 한 자리에 모

인 날이었다. 옴니맨션 A동 6세대와 B동 6세대가 전부였
는데, 그중 란과 친한 이웃은 아무도 없었다. 사실 그날 파
티는 란을 위해서였다기보다 옴니맨션 사람들 간 친목 도
모를 위해 마련된 자리나 다름없었다.

란은 아끼는 흰색 모시 원피스를 곱게 차려 입고 등장했
다. 팔십이 넘었다는 사실이 전혀 믿기지 않는 소녀 같은
모습이었다. 게다가 어깨에 얹은 홀리오는 어찌나 위풍당
당하던지! 녀석은 8월의 뜨거운 햇빛 아래 새빨간 깃털을
뽐내며 늠름하게 앉아 있었다. 아담한 체구를 가진 란의
상반신을 모두 가리고도 남을 정도로 몸집도 컸다.

란이 9년간 지극정성으로 보살펴온 스칼렛 마카우였다.
홀리오는 한눈에 봐도 아주 건강해 보였다. 노랑빛과 연두
빛, 쪽빛이 그라데이션처럼 이어지는 날개깃은 윤기로 번
들거렸다. 얼굴은 분칠이라도 한 것처럼 하얬는데, 그래서
인지 눈 아래 검정색 십자 문양이 유독 눈에 띄었다.

란은 이웃들이 마련해준 케이크 촛불을 껐다. 그와 동시
에 란의 윗층집 이웃 이 씨가 샴페인을 터뜨리며 축배를
들었다.

"생신 축하드립니다! 이 샴페인은 아들이 란 할머니 축
하드린다며 미국서 보내준 거랍니다."

아니었다. 오래 전부터 이 씨네 와인 냉장고 깊숙이 처
박혀 있던 샴페인이었다. 그의 아들이 선물 따위를 보내줬

을 리 없었다. 그는 란을 좋아하지 않았다. 아니, 란보다도 홀리오를 미워했다. 홀리오가 아침 저녁으로 엄청난 소리를 내며 울어댔기 때문이다.

옴니맨션은 층고가 넉넉하고 방음이 잘 되어 있기로 유명했다. 바로 옆집에서 피아노를 꽝꽝 쳐도 잘 안 들렸다. A, B동은 각각 한 층에 두 집씩 총 세 개 층이었는데, 란은 B동 201호였고 이 씨네가 같은 동 302호였다. 301호에 사는 이웃은 홀리오가 울기는 하냐고 물어볼 정도로 둔감한 편이었다. 반면 이 씨네 아들은 귀가 아주 예민했다. 그는 미국으로 떠나기 전 괜히 성질을 내며 이렇게 말한 적도 있었다. "내가 그 돼지 새끼처럼 꽥꽥 대는 놈 때문에 유학가는 거라고요!"

하지만 웬일인지 그날 홀리오는 조용했다. 그저 횟대에 앉아 발가락으로 샤인머스켓을 억세게 쥔 채 쪼아대기 바빴다. 옴니맨션 사람들은 홀리오에게 하나둘 다가가 관심을 보이기 시작했다. 홀리오의 알록달록한 깃털을 넋 놓고 바라보는가 하면 핸드폰을 들고 사진이나 동영상을 찍기도 했다. 몇몇 아이들은 말을 가르치려 시도했다. 안타깝게도 그들은 홀리오가 말을 거의 못 따라한다는 걸 알지 못했다. 안녕, 홀리오? 바보, 멍청이! 장 대표의 중학생 딸은 홀리오를 향해 손을 뻗치며 혼자 중얼거렸다. "턱부리엔 뭘 이렇게 묻히고 있니, 뭘 또 처먹었길래." 란은 그 소리를 용케 듣고는 대꾸했다. "뭐 묻은 게 아니란다. 일종의 점 같은 거야, 하얀색 점."

그들이 홀리오를 보는 건 사실 처음이 아니었다. 홀리오는 일주일에 한 번씩 자유 비행을 하러 나왔다. 란이 비행 산책이라고 부르는 시간이었다.

그날 파티는 홀리오의 비행산책 퍼포먼스로 마무리될 예정이었다. 홀리오는 하늘을 누빌 생각에 기분이 좋아졌는지 갑자기 비명을 내질렀다. 그 어느 때보다도 큰 소리로. 이 씨는 귀를 틀어막으며 구시렁거렸다. "아주 그냥 미국까지 다 들리도록 크게 울어대는구만." 란은 그의 말에 별로 개의치 않는 눈치였다. 그녀는 홀리오의 머리를 침착하게 한번 쓰다듬어준 뒤, 녀석을 얹고 있던 오른손을 번쩍 들어올렸다. 그러자 홀리오는 기다렸다는 듯 커다란 날개를 펼치며 하늘로 날아올랐다.

구름 한 점 없는 맑은 날이었다. 홀리오는 언제나처럼 먼저 맨션 앞뜰을 낮게 한 바퀴 돌았다. 그러곤 조금씩 고도를 높여나가기 시작했다. 맨션 지붕 위쪽을 몇 바퀴 돌고, 뒤이어 단지를 벗어나 좀 더 넓은 반경으로 나아갔다. 그래서 시야에서 종종 사라졌다. 하지만 어김없이 다시 날개를 펄럭이며 나타났다.

홀리오는 그날따라 신이 나 보였다. 플라타너스 나무들 사이를 이리저리 피해다니며 곡예를 부리는가 하면 사람들 가까이 다가왔다가 순식간에 멀어지기도 했다. 중간에 잠깐 까치들이 등장해 비행을 방해하는 순간도 있었다. 하지만 그때마다 홀리오는 능숙하게 까치들을 따돌리며 하늘 길을 뚫었다. 란은 양손을 맞잡고 그 모든 순간을 지켜보았다. 사람들이 감탄사를 연발할 때면 장기자랑에 자식을 내보낸 학부모라도 된 듯 뿌듯하게 미소지으면서.

그렇게 오 분이 흐르고, 십 분이 흘렀다.

홀리오는 한동안 계속 보이지 않았다. 곧이어 여기저기서 웅성거리는 소리가 들렸다. *홀리오가 안 보여, 왜 안 오는 거지? 중간에 이탈한 거 아냐.*

란은 걱정하지 않았다. 기분이 좋을 땐 십오 분 넘게도 날다 오곤 했으니까. 그녀는 손바닥 위에 홀리오가 가장 좋아하는 피스타치오 아몬드를 준비해두며 녀석을 맞이할 채비를 했다. 하지만 삼십 분이 지나고, 한 시간이 지나도 하늘엔 홀리오의 깃털 하나 비치지 않았다.

란은 입술이 불어터져라 휘슬을 불고 또 불었다. 왠지 모르게 느낌이 좋지 않았다.

시간은 계속 흐르고, 하늘은 점점 어둑해져 갔다. 함께 기다려주던 이웃들은 하나둘 떠나기 시작했다. 장 대표와 이 씨 부부는 홀리오가 있을만 한 곳을 찾아보겠다며 부산을 떨었다. 하지만 다들 맨션 주변을 돌아다니는 척하다

몰래 집으로 돌아갔다.

란은 자리에서 한 발짝도 움직일 수 없었다. 홀리오가 곧 돌아올 것이었으므로. 게다가 그날은 란의 생일이었다. 그녀를 위해 홀리오가 깜짝 쇼라도 준비했을지 또 누가 알겠는가. 란은 마음을 다잡으며 생각했다. 홀리오는 언제나 그랬듯 꼭 돌아올 거라고. 선물처럼 그녀 앞에 다시 나타날 거라고.

"이제 그만 들어가보시는 게 좋지 않을까요?"

자정이 가까워질 무렵, 누군가 란에게 말했다. 그녀는 하늘로 쳐들고 있던 고개를 그제야 내리며 주변을 둘러봤다. 옴니맨션 앞뜰은 고요하기 이를 데 없었다. 란과 옆집 청년 파커를 제외하곤 아무도 없었다.

파커가 다시 말했다.

"내일 날이 밝으면 좀 더 돌아다니면서 같이 찾아봐요."

2

홀리오는 다음날에도 나타나지 않았다. 그 다음날에도, 그 다음 주에도.

란은 옴니맨션 주변 일대를 매일같이 돌면서 전단지를 돌렸다. 온라인 커뮤니티 게시판마다 홀리오를 찾는 글을 올렸다. 전국의 새 전문가들을 일일이 찾아다니며 자문을 구하기도 했다. 고맙게도 그때마다 파커가 함께해줬다. 란은 그에게 신경쓰지 말라고, 자네도 어서 일상으로 돌아가라고 말했지만 그때마다 파커는 이렇게 대답할 뿐이었다.

"괜찮아요. 저는 시간이 많거든요."

란은 그가 고마웠지만 제대로 마음을 표현할 새가 없었다. 머릿속이 온통 홀리오로 가득 차 있었기 때문이다.

새 전문가들을 찾아갈 때마다 그녀는 열심히 물었다.

"우리 홀리오는 어디로 갔을까요, 이런 경우엔 어떻게 되찾을 수 있는 걸까요, 선생님 어쩌 방법이 없을까요!"

사실 그녀가 진짜 묻고 싶었던 질문은 따로 있었다. 하지만 그 말을 꺼내는 것 자체가 두려웠다. 바로 이 질문이었다.

"대체 어쩌다 이런 일이 일어났을까요?"

란은 혼자서 여러 가능성을 헤아려 보았다.

먼저 불의의 사고가 생겼을 수 있었다. 까치 같은 천적이 떼로 몰려와 홀리오를 괴롭히며 추락시켰을지도 몰랐다. 혹은 비행 도중 유리창 빌딩에 부딪쳐 기절하기라도 했을까. 아니면 도난 사고가 난 것일까. 그래, 홀리오가 잠시 나무에 앉아 쉴 때 누군가 훔쳐갔을 수도 있다. 어떤 못된 놈이 잠자리 채나 그물망 같은 것을 던져 포획해 갔을지도 모르지. 그것도 아니라면 설마…… 자발적 도주라도 한 것일까.

훌리오가 작정하고 떠났다는 생각을 할 때면 란은 심장이 다 울렁거렸다. 마음속 깊은 곳 저 아래, 외로움과 공허함으로 가득한 심연 한가운데로 나가 떨어지는 기분이었다. 그 암흑의 구렁텅이로 발을 한번 잘못 디뎠다간 영원히 빠져나오지 못할 것 같았다.

자유 비행을 시켰던 게 잘못이었을까. 아니다. 그건 훌리오를 위한 시간이었다. 훌리오는 비행산책 덕분에 훨씬 활력 있고 건강해졌으니까.

비행산책은 란에겐 모험이나 다름없었다. 그녀는 갑자기 사라질지도 모른다는 불안감, 반드시 돌아올 거라는 확신이 뒤섞인 복잡한 마음으로 훌리오를 기다리곤 했다.

다행히 훌리오는 부메랑처럼 늘 돌아왔다. 맨션 바깥 동네까지 한참을 누비느라 모습을 감췄다가도 어김없이 다시 나타났다. 란의 손에 착지한 훌리오는 기다란 혀를 파르르 떨며 숨을 헐떡이곤 했다. 훌리오의 떨림이 손끝으로 전해질 때면 란은 더 이상 불안하지 않았다.

떠날지도 모른다는 초조함은 어느새 반드시 돌아올 거라는 확신으로 바뀌어 갔다. 훌리오에게 위치 추적 장치

따윈 필요없었다. 란과 훌리오는 서로 강하게 연결되어 있었으니까. 그 연결고리는 오랜 시간 그들이 함께 교감하며 쌓아온, 보이지 않는 신뢰의 끈이었다.

적어도 란은 그렇게 믿었다.

3

"대표님, 훌리오는 아직 소식 없죠? 훌리오를 찾습니다 전단지도 이제 다 떼고 없더구먼. 그나저나, 훌리오는 대체 어디로 갔을까요?"

란이 분리수거를 하러 밤중에 잠깐 나왔을 때였다. 맨션 앞뜰에서 이 씨 부인과 장 대표가 한창 이야기 중이었다. 그들은 란이 근처에 있다는 걸 전혀 눈치채지 못한 듯했다.

"우식 엄마, 벌써 한 달이 지났어요. 걔가 간 어디로 갔겠어요, 하늘나라로 간 거라니까."

"어디서 사고라도 났으면 온라인 커뮤니티 같은 데 뭐라도 올라오지 않았겠어요? 웬만한 소형견 뺨치는 몸집에 색깔도 오죽 튀는 녀석이어야 말이죠."

란은 그들 사이로 달려가 당장 소리치고 싶었다. 우리

홀리오는 반드시 돌아올거라고, 그러니 함부로 지껄이지 말라고.

장 대표는 계속 말했다.

"돌아오면 기적이죠. 아무리 애정을 한 바가지 받았어도 답답했겠지. 고향이 아마존인 친구예요. 밖에서 훨훨 나는 게 본능인 야생 새라고요. 게다가 란 할머니랑 지내는 게 뭐 재밌기나 했겠어요? 나라도 도망갔을 거야. 그 양반도 참 답 안나와요. 성격도 뚱하고, 인사를 해도 별 대꾸도 없이 빤히 쳐다보기나 하고. 대체 무슨 생각을 하는지 알 수가 있어야죠. 앵무새나 옆에 끼고 돌고…… 거 남편이 왜 집을 나갔겠어."

"아휴 대표님도 참, 말이 너무 심하시네. 그리고 홀리오는 그 집 할아버지 나가고 나서부터 키우신 거 아녜요?"

"몰라요, 기억도 잘 안 나네. 어쨌든 간에요."

란은 어둠 속에서 망부석처럼 서 있어야 했다. 파커가 그녀를 발견하고 인사하기 전까지.

4

란 할머니 요새 통 집밖을 안 나오시네, 홀리오 때문에 몸져 누워 계신가? 아직도 홀리오 타령이에요? 이런 말 하면 좀 그렇지만 벌 받으신 거야, 저번에 A동 101호 새댁 시어머니 부고 전해줬을 때도 홀리오 아프다고 안 갔잖아요, 아니 장례식장 안 간 건 그렇다 쳐, 부조라도 하는 성의는 있어야지, 사람이 죽었다는데 고작 그 앵무새 하나 때문에 신경을 못 썼다니 말이나 돼요? 그러게 말예요 참 매정하기도 하지, 장 대표 딸이 유튜브 영상으로 홀리오 찍고 싶다고 부탁했을 때도 딱 잘라 거절하고, 하긴 자식을 낳아봤어야 뭘 알죠.

옴니맨션 사람들은 만날 때마다 속닥거렸다. 그들의 이야길 엿들을 때면 파커는 당장 이사라도 가고 싶었다.

죄다 터무니 없는 말이었다. A동 새댁네 부고는 파커도 전해 들었던 소식이었다. 고인은 옴니맨션 앞뜰을 조성하는 데 큰 돈을 후원해준 분이라고 했다. 고맙기는 했지만, 파커와는 일면식도 없던 사람이었다. 그건 란도 마찬가지였을 거다.

장 대표 딸 이야기도 어이가 없었다. 그녀는 이 씨네 아들 못지않게 홀리오를 미워하는 아이였다. 홀리오가 비행 산책을 나왔을 때 딱총을 쏜 적도 있었다. 그럼에도 란은 큰소리 한번 안 냈다. 그저 우아함을 잃지 않으며 이렇게 말했을 뿐이다. "얘야, 다시는 그런 거 쏘지 마렴. 마지막 경고야." 하지만 그날의 일화는 어느새 다음과 같이 와전

돼 있었다. *란 할머니가 갑자기 돌변하더니 장 대표 딸 팔을 붙들고 막 소리 쳤다는 거 있지? 얌전해 보이셨는데 한 성깔 하시나봐.*

사실 이웃들의 입방아에 자주 오르내리는 사람은 한 명 더 있었다. 바로 파커였다.

저 집 양반들은 아르헨티나로 아예 이민을 간 거지? 무슨 사업을 한다고 했더라? 그래도 돈은 좀 있나봐, 아무리 그래도 그렇지, 저 친구는 만날 집에만 있고 좀 오타쿠 같지 않아? 드라큘라처럼 피부는 허여멀건 해가지고, 눈동자는 또 어쩜 그렇게 잿빛이야 기분 나쁘게…… 대체로 맞는 내용이었다. 다만 파커가 마냥 놀고 있는 건 아니었다. 부모님 사업을 돕기 위해 틈틈이 스페인어 공부도 했고, 가끔 철 지난 영화나 드라마 번역 아르바이트도 했다. 요즘엔 오랫동안 처박아두었던 3D 프린터도 꺼내 이것저것 다시 만들어보고 있었다.

이웃들은 몰랐다. 파커가 한때 잘 나갔던 조형 작가였다는 것을. 젊은 시절 파커는 주목받는 아티스트였다. 몇 차례 성공적인 개인전도 열었는데, 반응이 좋아 외신에 소개된 적도 있었다. 하지만 벌써 다 오래 전 이야기였다. 아내와 갈라선 뒤—옴니맨션으로 이사오기 전 파커가 결혼했었다는 사실 또한 이웃들이 모르는 과거였다—그는 모든

활동을 중단했다. 잠깐 쉰다는 게 벌써 8년이 흘러 있었
다.

한동안 파커는 그 무엇에도 제대로 집중하기 힘들었다.
작품 활동을 다시 시작해야 하지 않겠냐는 주변의 조언도
귓등으로 흘려 들었다. 그저 마음속에 생긴 블랙홀 같은
구멍을 들여다보면서 무수한 시간을 흘려보냈을 뿐이다.

그런 그에게 친구들은 말했다. *다른 놈 찾아 떠난 사람
이 대체 뭐가 아쉬워서? 너 상처준 사람 못 잊는 건 자학
하는 거나 마찬가지야, 그러니까 이제 제발 정신 좀 차
려……* 하지만 정신을 차리고 보니 이미 내면으로 너무 깊
숙이 들어간 뒤였다. 그는 출구를 알 수 없는 어둡고 긴 터
널 속에 갇힌 채, 완벽하게 길을 잃은 느낌이었다.

5

"우식 아빠. 201호 할아버지 말야, 언제부터 안 돌아오
고 있지?"

아내의 말에 와인 냉장고를 정리하던 이 씨는 심드렁한
목소리로 대꾸했다.

"안 돌아온 게 아니라 아예 나가신 거잖아."

란 할머니 남편을 마지막으로 본 날이 언제였는지 그는 까마득했다. 벌써 10년도 더 된 것 같았다.

늦게까지 회식이 있어 새벽에 귀가했던 날이었다. 2층에서 3층으로 올라가는 계단참에서 이 씨는 할아버지와 눈이 마주쳤다. 할아버지는 그를 발견하고 서둘러 전화를 끊었다. 이 씨는 어둠 속에서 엿들었던 그의 목소리를 아직도 생생히 기억했다. *내가 그리로 갈게, 그래 곧 간다고. 다 정리하고 갈게.*

이 씨 부인이 갑자기 생각났다는 듯 무릎을 치며 말했다.

"아, 맞다. 할아버지 란 할머니가 남양주 친구 집 놀러갔던 날 도망가셨지. 커다란 캐리어를 끌고 나가시길래 여행이라도 가시는 줄 알았는데 말야. 아참, 내가 당신한테 말했었나? 그 밴쿠버 산다는 할아버지 전처가 글쎄 A동 새댁 시어머니 사촌이라는 거 있지?"

"얼마 전 돌아가셨던 그 양반? 세상 참 좁네."

이 씨는 냉장고 구석에 처박혀 있던 병 하나를 꺼냈다. 란 할머니 생일 때도 가져갔던 1+1로 사온 샴페인이었다.

"팔순 잔치 날 더 좋은 와인으로 골라갈 걸 그랬어."

"당신도 참, 언제부터 아랫집 이웃을 그렇게 챙기셨대. 어쨌든 란 할머니 좀 안타깝기는 하네. 예순 넘어서도 초혼이 가능하구나 하면서 다같이 축하해줬던 게 엊그제 같은데, 할아버지에 이어 홀리오까지 떠나버리다니."

홀리오는 란을 오랜만에 세상 밖으로 나오게 한 존재였다. 란은 홀리오에게 줄 과일을 사야 한다며 장도 보러 나오고, 일주일에 한 번씩 비행산책도 꼬박꼬박 나왔다. 가끔 앵무새 커뮤니티 회원들과 산으로 자유 비행도 나갔다. 홀리오를 데려오기 전까진 한동안 집밖에 나오지도 않았었는데 말이다. 물론 홀리오가 떠난 뒤인 지금도 다시 두문불출하고 계시지만…… 근데, 홀리오는 누가 줬다고 했더라. 이 씨 부인은 기억을 더듬어보았다. 남양주에 산다는 란 할머니 친구가 키웠던 앵무새라고 했는데. 그 친구분 돌아가시고 나서 할머니가 데려온 거라고, 언젠가 장 대표가 말해줬었다. 아랫집 할아버지가 집을 나간 뒤 반년 정도 지났을 즈음이었다. 맞다, 홀리오는 분명 그 양반이 집을 나간 이후에 왔었어, 장 대표가 잘못 기억하고 있었던 거야. 그나저나 저 양반은 또 뭐라고 혼잣말을 하는 거지.

"장수거북이처럼 사람보다 오래 살면서 어디 못 도망가는 동물이라도 키워야지 원. 나이 들고 혼자 있으면 정말 외로울 것 같다니까." 이 씨가 냉장고 위에 놓인 액자 속 사진을 바라보며 중얼거렸다. 아들이 중학교를 졸업할 때 함께 찍은 사진이었다. 녀석은 두 달째 연락 한 번 없었다. 가끔 이 씨가 먼저 전화하면 빨리 끊으라며 성을 내기 일

쑤였다. 어쩜 그리 버르장머리 없이 컸을까. 너무 오냐오
냐 키운 게 문제였을까. 아내는 불안한 표정으로 이 씨에
게 말하곤 했다. 이제라도 정신 차리게 해야지. 자고로 애
들은 강하게 키워야 한다고. 근데 여보, 우리가 우식이를
너무 일찍부터 멀리 유학 보낸 건 아니겠지? 아예 돌아오
지 않는다고 하는 건 아니겠지 홀리오처럼?

때마침 아내가 심술이라도 난 것처럼 따져 물었다.

"근데 파커 청년은 란 할머니한테 왜 이렇게 잘 해준대?
아주 그냥 모자 지간이 따로 없어 보인다니까. 거의 만날
집에 드나드는 것 같던데?"

"몰라 나도. 외로운 사람들끼리 통하는 게 있나보지."

이 씨는 얼마 전 엿들었던 대화를 떠올리며 대꾸했다.
밤 늦게 운동을 마치고 돌아오던 길이었다. 분리수거 구역
앞에서 란이 떨리는 목소리로 파커에게 말하고 있었다. 홀
리오가 날 떠나버린 건 아닐 거예요, 그쵸? 홀리오에 대한
마지막 기억이 내게서 달아나는 장면이라고 생각하면 정
말이지…… 이 씨는 파커의 대답을 듣기 위해 벽 뒤에 몸
을 숨기곤 귀를 쫑긋 세웠다. 하지만 한동안 아무 소리도
들리지 않았다.

고개를 내밀자 정적 속에 서 있는 두 사람이 보였다. 파
커는 자물쇠라도 채운 듯 입을 굳게 다물고 있었다. 가로
등 불빛 아래 파커의 두 눈이 투명하게 빛나고 있었다. 그

는 당장 눈물이라도 떨어뜨릴 것 같은 표정이었다.

6

파커는 란에게 홀리오를 되찾아 줘야겠다고 생각했다.
그러니까 절대 날아가지 않을 홀리오를.

다행히 몰래 찍어두었던 홀리오 사진들이 꽤 있었다. 특
히 란 할머니 팔순 잔칫날 찍었던 영상은 화질도 꽤 좋았
다.

그럼에도 작업을 시작하기까진 용기가 필요했다. 이번
엔 그간 해왔던 작업 방식과는 완전히 다르게 접근할 필요
가 있었다.

파커의 작업대는 3D 프린터 대신 어느새 실과 바늘, 철
사, 글리세린, 포름알데히드 등 그가 평소 안 쓰던 도구와
약품들로 뒤덮여 갔다. 파커는 몇 날 며칠을 먹지도, 씻지
도 않으며 작업에만 몰두했다. 홀리오의 눈밑에 새겨진 엑
스자 무늬부터 갈고리 모양의 억센 발가락, 턱 부리의 하
얀 점, 오색찬란한 깃털들 하나하나까지 모든 디테일을 정
교하게 살려나가고자 온 신경을 집중했다.

그야말로 광기 어린 작업이었다. 솔직히 작업 초반엔 구역질이 밀려올 만큼 힘들었다. 하지만 작업에 몰입해갈수록 파커는 왠지 모르게 마음 한구석이 치유되는 느낌이었다. 그런 감정은 정말이지 오랜만이었다.

그사이 란은 더욱 수척해져 갔다. 꼴이 말이 아니었다. 음식을 입에 대는 것조차 힘들어 포도당 주사를 맞으며 연명하고 있었다. 집으로 방문한 의사는 란에게 경고했다.

"이대로 가다간 목숨이 위험합니다. 입원하셔야 할 수도 있어요."

이웃들은 란의 집에 의사가 드나드는 것을 보고 수군거렸다. 란 할머니가 많이 아픈가봐, 죽을 병에라도 걸리셨나? 그들은 돌아가면서 란의 집에 찾아가 초인종을 눌렀다. 하지만 란은 늘 묵묵부답이었다. 그녀는 파커가 아닌 사람에겐 대꾸조차 안 했다.

이웃들은 초인종 스피커에 대고 말했다.

할머니, 괜찮으세요? 훌리오는 그만 잊으세요, 어디선가 잘 살고 있을 거예요, 세상에 벌써 두 달이 지나갔다고요! 떠나간 것은 떠나보낼 줄도 알아야 하지 않겠어요?

7

파커가 홀리오를 완성했던 날 새벽이었다.

꿈속에서 란은 베란다 창밖을 내다보고 있었다. 여름 햇살이 뜨겁게 내리쬐는 하늘은 구름 한 점 없이 맑았다. 란의 팔순 잔치가 열렸던 그날처럼.

멀리서 검은 점 하나가 보였다. 곧이어 울긋불긋한 깃털과 양쪽으로 펼쳐 든 커다란 날개가 조금씩 란의 눈에 들어오기 시작했다.

"세상에, 홀리오!"

란이 팔을 뻗자 홀리오가 그 위로 착지했다. 그러곤 부리를 반쯤 벌리고는 두툼하고 기다란 혀를 팔딱이며 숨을 몰아쉬었다. 란은 팔뚝을 움켜잡는 녀석의 발가락 힘이 생생하게 느껴졌다.

"드디어 돌아왔구나!"

그녀가 홀리오를 품에 안으며 외쳤다. 그 순간 홀리오는 신기루처럼 사라졌다.

잠에서 깨어난 뒤 란은 오랜만에 침대를 박차고 나왔다. 욕조에 따뜻한 물을 받아 깨끗이 씻고, 정성스레 아침을 차려 먹었다. 홀리오가 살던 새장에 쌓인 먼지를 닦아내고, 훌리오가 즐겨 먹던 특별식 치즈 머핀도 준비했다. 란은 통밀가루와 베이킹파우더, 소금과 설탕, 버터, 치즈가루 등을 꺼내 딸기와 키위, 사과 주스와 함께 섞었다. 그러곤 정성스레 반죽을 했다. 머핀 틀에 반죽을 깔고 오븐에 넣자 곧 달콤한 향이 집안 가득 퍼졌다.

훌리오가 돌아와 이 따근한 머핀을 먹어 준다면 얼마나 좋을까. 란은 눈을 감고 잠시 회상에 잠겼다. 훌리오는 란이 정성껏 음식을 만들어줘도 다 먹지도 않고 늘 사방군데 빵가루를 뿌리며 돌아다니곤 했다. 그러면 란은 부스러기를 치우며 화가 난 척 꾸짖곤 했다. 훌리오, 음식 흘리면서 먹는 거 아니라고 했지…….

그때 누군가 초인종을 울리는 소리가 들렸다.

스피커 화면 너머로 파커가 보였다. 그는 무언가를 조심스럽게 안아 들고 있었다. 란에겐 너무나도 익숙한 실루엣이었다. 그녀는 비명을 지르며 대문을 벌컥 열었다.

8

"오늘 란 할머니를 마트에서 마주쳤지 뭐예요."

"저도 봤어요. 얼굴이 엄청 좋아지셨던데요? 설마, 훌리오가 돌아오기라도 한 걸까요?"

옴니맨션 사람들은 만나기만 하면 다시 홀리오 이야기를 꺼냈다. A동 101호 새댁은 란이 과일이며 채소, 야채, 견과류 등을 장바구니에 한가득 담는 걸 보았다며 호들갑을 떨었다.

"그거 다 홀리오 간식들 아니겠어요? 근데 돌아온 게 맞긴 할까요."

란과 마주칠 때면 이웃들은 기다렸다는 듯 붙잡고 물었다. 할머니, 홀리오가 돌아왔나요? 비행산책은 안 하러 나오세요? 그러면 란은 눈을 천천히 감았다 뜨며 이렇게 대답할 뿐이었다.

"홀리오의 안부를 물어봐주셔서 감사합니다."

그녀는 놀라울 정도로 활기가 넘쳐 보였다. 주름도 더 옅어지고, 혈색도 부쩍 좋아진 느낌이었다. 눈가엔 총기가 다 어려 있었다. 이웃들은 영혼 없는 칭찬을 쏟아내기 바빴다. 홀리오가 돌아와서 그런지 더 예쁘고 건강해지셨네, 보기 좋아요 아주! 그러면서 슬쩍 물었다.

"우리도 홀리오 구경하러 가면 안될까요?"

란은 그 말엔 아무 대꾸도 하지 않았다. 그저 정중히 인사하곤 자리를 피했다. 그런 그녀를 보며 이웃들은 쑥덕거렸다. 정신이 어떻게 되신 모양이야, 세상에 불쌍해서 어쩜 좋아.

9

란은 그 어느 때보다도 정신이 맑았다. 갑자기 힘이 솟아 나면서 입맛이 돌았다. 컨디션을 완벽히 회복한 느낌이었다.

홀리오는 움직이지도, 울지도 않았다. 그래도 괜찮았다. 파커는 아주 솜씨 좋은 작가였다. 모든 게 너무나 진짜 같았다. 특히 저 깃털과 부리는 정말이지, 홀리오의 것과 똑같았다.

파커가 란에게 홀리오 모형을 데려왔던 날이었다.

"할머니, 이 조각은 홀리오가 변신해 있는 거라고 생각하세요. 홀리오는 늘 할머니 곁에 있는 거예요."

파커의 말에 란은 순간 울컥했다. 하지만 아무렇지도 않은 척 얼른 웃어 보였다. 어쩜 말도 저렇게 예쁘게 할까. 그녀는 파커의 회색 눈동자를 바라보며 생각했다. 이 옆집 청년은 어딘지 모르게 신비로운 구석이 있었다. 홀리오를 이 조형물로 불러들인 마법사가 아닐까 싶을 정도로.

란이 홀리오를 쓰다듬으며 말했다.

"언젠가 이게 진짜 홀리오로 변한다면 얼마나 좋을까요. 너무 감쪽 같아서 자꾸 착각이 될 정도예요."

파커는 씁쓸하게 웃는 란을 바라보며 잠시 침묵했다. 그러다 갑자기 무언가 결심이라도 한 사람처럼 진지하게 말했다.

"불가능한 건 아닐지도 모르죠."

단호하고도 자신감 넘치는 말투였다. 그는 신중한 표정으로 계속 말했다. "할머니, 한밤에 훌리오가 움직일 때 마주치면 한순간에 사라져버릴 수 있어요, 그러니 훌리오를 거실 횃대에 잘 앉혀놓고 문을 꼭 닫고 주무셔야 해요, 아시겠죠?"

10

"여보, 그 202호 청년 말야, 뭐 하는 친구라고 했지?"

이 씨가 밥숟가락을 내려놓으며 물었다.

"누구, 파커 씨? 뭘 하긴 뭘 해, 만날 집에만 있는 것 같던데. 왜?"

아내가 퉁명스럽게 대꾸했다. 그녀는 이 씨가 전날 말도 없이 또 늦게 들어온 것에 단단히 화가 나 있던 참이었다.

"아니 어젯밤에 이상한 장면을 목격해서."

오랜만에 친구들과 술을 마시고 자정이 다 되어 귀가하

던 길이었다. 이 씨는 엘리베이터를 기다리다 몸을 돌려 계단으로 향했다. 걸어 올라가면서 술을 좀 깨 볼 참이었다.

"2층에 막 들어설 무렵 대문 열리는 소리가 나더라고. 파커 청년이 집에서 막 나오고 있었어. 인사를 할까 말까 고민하고 있었는데, 글쎄 그 친구가 201호로 들어가는 거야."

"201호? 새벽에 란 할머니네로?"

"응, 그랬다니까."

그는 고양이처럼 사뿐히 계단을 오르고 있었다. 아들만큼 귀가 예민한 아내가 행여나 발소리 때문에 깰까 봐 걱정하면서. 그런데 그때 파커는 그보다 더 조용히 숨을 죽인 채 까치발로 란 할머니 집에 들어가고 있었다.

이 씨 부인이 말했다.

"당신처럼 그 청년도 술 취해 있던 거 아냐? 그래서 실수로 집을 잘못 찾아 들어간 거겠지. 아니 가만, 당신 지금 무슨 소릴 하는 거야? 그집 도어락 비번을 그 친구가 어떻게 알고 들어갔다는 거야……."

"란 할머니가 고독사라도 할까봐 그 청년한테 비상 연락망처럼 알려줬을 수도 있지. 그리고 나 어제 술 그렇게 안 취했었어. 멀쩡했다고."

어젯밤 이 씨는 란 할머니네 초인종을 눌러볼까 고민하

다 복도 기둥 뒤에 숨어 잠시 기다렸다. 그러자 얼마 안 있어 파커가 다시 모습을 드러냈다. 그는 하얀 위생봉투를 손에 든 채 201호를 나와선 바로 옆 자기 집으로 쏙 돌아갔다.

그 봉투엔 대체 뭐가 들었던 걸까. 이 씨는 식탁에서 일어나며 말했다.

"아무리 생각해도 뭔가 수상해. 장 대표에게 알아봐달라고 해야 겠어."

같은 시간, 란은 흔들의자에 앉아 횟대에 고정시켜둔 훌리오를 쳐다보고 있었다. 어쩜 이렇게 똑같이 생겼을까, 이 빛 바랜 부리와 구부러진 발가락, 깃털 하나하나까지 전부. 어머, 근데 방금 움직인 건 아니겠지! 나도 참……

훌리오는 보면 볼수록 감탄스러웠다. 이 조형물을 만들기 위해 파커가 얼마나 심혈을 기울였을지 란은 눈에 훤했다. 살면서 이토록 정성어린 선물을 받아보기는 처음이었다.

그녀는 자리에서 벌떡 일어나 집안 구석구석을 청소하기 시작했다. 거실 바닥에 떨어져 있던 머핀 부스러기와 곡물 쭉정이들을 열심히 쓸고 닦았다. 새장 안에 비워진 물통을 맑은 물로 채워 넣고, 철창 사이에 낀 깃털들을 정리했다.

요즘 란은 밤 열 시만 되면 안방 문을 꼭 닫고 잘 준비를 했다. 침대맡에 물컵을 가져다 두는 것도 잊지 않았다. 간밤에 목이 말라 문밖을 나갈 일이 없도록.

파커가 해줬던 터무니 없는 말이 떠오를 때면 란의 얼굴엔 미소가 절로 번졌다. 가끔은 웃음이 터져나왔다. 하지만 파커 앞에서 그녀는 절대 웃지 않았었다. 그처럼 진지한 표정으로 고개를 가만히 끄덕였을 뿐.

자식은 없어도 이웃 하나는 잘 둔 것 같다고, 란은 생각했다. 그녀는 아주 오랜만에 외롭지 않았다.

11

"들어가 계셔도 된다니까요. 파커 청년 하나 쯤은 저 혼자서도 제압할 수 있어요."

장 대표 말에 이 씨는 검지를 입에 가져다 대며 말했다.

"조용히 좀 하세요. 다 들리겠어요."

그들은 옴니맨션 B동 1층과 2층 계단 경계에서 몸을 수그린 채 대기하고 있었다. 벌써 30분째였다.

장 대표가 다시 말했다.

"오늘은 안 나오는 거 아녜요? 아니면 그날 술 취해서 잘

못 보신 거 아녜요?"

"아니라니까요. 조금만 더 기다려봐요."

그때 어둠 속에서 문이 열리는 소리가 났다. 자정이 조금 넘었을 무렵이었다. 파커는 주변을 두리번거리며 란 할머니네 도어락 위로 빠르게 손을 놀렸다. 곧이어 띠릭, 소리와 함께 201호 대문이 열렸다.

장 대표와 이 씨는 파커의 뒷모습을 지켜보았다. 그러곤 숨을 죽인 채 조용히 기다렸다.

파커는 10분도 안 되어 다시 나왔다. 손에는 전날처럼 작은 비닐봉투가 들려 있었다.

장 대표가 파커에게 달려들며 말했다.

"파커 씨, 잠깐 얘기 좀 하시죠."

장 대표가 파커를 붙잡고 있을 동안 이 씨는 파커의 손에서 잼싸게 봉투를 빼돌렸다. 플래시를 켜고 내용물을 확인하던 그는 고개를 갸웃하며 중얼거렸다.

"아니 이것들은 대체 다 뭐람."

봉투 안에 든 거라곤 컵 케이크 조각과 말린 바나나, 잣과 해바라기 부스러기들이 전부였다. 모두 간밤에 란이 훌리오를 위해 준비해두었던 간식 잔해들이었다.

12

저 뻔뻔한 청년 좀 봐, 속일 게 따로 있지, 맘 약해진 노인네를 가지고 놀아? 그래도 그 친구가 란 할머니한테 선물했다는 조형물이 홀리오랑 아주 똑 닮았다던데요? 뭐 실력은 있나보더라고요, 어쨌든, 호의였든 뭐든 간에 이건 명백한 사기라고요!

옴니맨션 사람들은 파커를 볼 때마다 이제 대놓고 흉을 봤다. 이런저런 말이 들려올 때면 파커는 속이 까맣게 타들어갔다.

가끔은 억울하기도 했다. 하지만 소문이 아예 틀린 건 또 아니었다. 의도했든 의도치 않았든, 그가 거짓말을 한 것은 사실이었으므로. 게다가 의도적인 생략도 거짓말에 속한다면 그는 더 이상 란 앞에서 떳떳할 수 없었다.

파커가 홀리오를 만들어야겠다고 다짐한 뒤 한참 작업을 준비할 무렵이었다. 오랜만에 친구 K에게서 전화가 왔다.

"너희 옆집에 스칼렛 마카우 키우는 할머니 있다고 하지 않았냐? 그 눈 주위에 타투처럼 검정 문양 그어진 게 신기하다면서 언제 사진도 한번 보여줬잖아. 근데 설마 얘가

걔는 아니겠지?"

K가 보내온 사진을 들여다보던 파커는 순간 헉, 하고 숨을 들이켰다. 눈 밑 엑스 자 무늬 하며, 아래턱 부리 위 좁쌀만 한 흰 점 하며…… 홀리오가 확실했다.

수화기 너머로 K의 목소리가 계속 들려왔다.

"아니 우리 꼬르따사르가 마당 구석에서 뭘 발견했는지 발로 툭툭 건들고 있길래 보니까 얘인거 있지? 숨을 막 간신히 몰아 쉬고 있었는데, 지금은 죽었는지 꼼짝도 않네."

꼬르따사르는 K가 키우는 세인트버나드였다. 파커는 다급하게 외쳤다.

"꼬르따사르한테 절대 걔 못 건들게 해. 얼른 떨어뜨려두라고!"

"얘가 죽인 거 아냐. 어디 부딪혀서 떨어졌는지 땅에 고꾸라져 있더라고."

"너 오늘 그 앵무새 본 거 아무한테도 말하지 말고 땅에 잘 묻어줘. 누가 물어봐도 그런 거 봤다는 말도 하지 말고, 알겠지? 아니다. 그러지 말고, 그대로 데리고 있어. 내가 가지러 갈게. 필요한 것들만 좀 추려내고, 내가 직접 묻을게."

"필요한 것들을 추려낸다고? 대체 무슨 소리 하는 거야……."

13

한동안 란은 파커를 만날 수 없었다. 그가 집 밖을 한 발자국도 나오지 않고 있었기 때문이다.

그러다 얼마 전, 란이 마트에 가던 길이었다. 이웃들은 그녀가 뒤에 있다는 사실을 모른 채 한참 이야기 중이었다. *장 대표님 말이 파커 청년 곧 아르헨티나로 떠난다던데? 나 같아도 당장 여길 뜨겠어, 지가 사람이면 란 할머니네 옆집에 떡 버티고 계속 살 수가 없지, 파렴치한 사기꾼 같으니…… 그나저나 란 할머니도 참 순진하기도 하지, 그런 바보 같은 장난에 놀아나고 말이야, 불쌍해서 어쩜 좋아.*

란은 집으로 돌아오자마자 창고에 처박아 두었던 지구본을 꺼냈다. 그녀는 남미 대륙을 찾은 뒤 곧바로 지구의를 돌려 한반도를 찾았다. 두 대륙 사이엔 드넓은 태평양이 펼쳐져 있었다.

태평양 위로 손가락을 움직이며 란은 생각했다. 홀리오가 이 위를 한참 날아가고 있는 건 아니겠지? 그런데 홀리오는 떠나버린 걸까, 아니면 돌아오는 중일까. 란은 여전히 궁금했다. 하지만 한편으론 이젠 굳이 알고 싶지 않았다. 모른 채로 두는 편이 더 나을지도 몰랐다.

그때 복도에서 소란스러운 소리가 들렸다. 란은 현관으로 달려가 얼른 초인종 화면을 켰다. 화면 너머로 이삿짐 박스를 분주하게 옮기고 있는 파커가 보였다.

14

"오늘 떠나시나요?"

파커는 란을 보고 놀라서 그만 뒤로 자빠질 뻔했다. 그녀는 어깨 위에 홀리오를 위태롭게 얹혀 두고 있었다.

"떠나신다는 이야길 들었습니다. 그동안 나와 홀리오에게 보여준 애정과 관심에 감사드립니다."

"정말 죄송했습니다."

파커는 허리를 기억자로 꺾으며 정중히 인사했다. 그러자 란이 곧바로 되물었다.

"뭐가요? 파커 씨가 잘못한 건 하나도 없는데."

그녀는 홀리오를 파커 앞으로 불쑥 내밀며 말했다.

"이 친구는 당신이 가져가도 좋아요. 내가 도로 선물하는 거예요. 홀리오는 내 기억 속에 영원히 살아 있을 겁니다. 그러니 이제 눈앞에 없더라도 괜찮아요."

란의 얼굴은 웬일인지 평온해보였다. 파커는 잠시 고민

했다. 이걸 정말 받아도 되는 걸까. 란이 모든 것을 알게 된다 해도 나를 과연 용서할 수 있을까. 그는 자신이 만든 박제물 앞에서 온몸이 굳어선 꼼짝할 수 없었다.

그런데 바로 그때였다.

홀리오가 몸을 움찔거리기 시작했다. 란이 당황해 어쩔 줄 모르는 사이, 홀리오는 그녀의 손에서 미끄러지며 바닥으로 추락했다.

"홀리오!"

란이 주저앉으며 소리쳤다. 홀리오는 바닥에 고꾸라진 채 날개를 펼치려고 안간힘을 쓰고 있었다. 그러다 얼마 후, 몇 번의 날갯짓을 시도한 끝에 마침내 날아올랐다. 그러곤 재빨리 복도 통로 쪽으로 향하더니 닫혀 있던 유리창을 그대로 통과해 날아갔다.

홀리오는 언제나 그랬듯 먼저 옴니맨션 지붕 위를 크게 한 바퀴 돌았다. 이후 점점 반경을 넓혀 비행해 나가다 곧 시야에서 사라졌다.

한동안 란은 말없이 창밖을 바라보고 서 있었다. 그사이 파커는 복도 쪽 창문 앞으로 다가갔다. 홀리오가 통과한 유리창 위로 손바닥을 가져다 대자 벽처럼 딱딱한 유리 표면이 그의 손을 가로막았다.

란이 조용히 흐느끼는 소리가 들렸다. 파커는 차마 뒤를 돌아볼 수 없었다. 그저 두 눈을 감고 혼자 생각할 뿐이었다. 란 할머니는 지금 슬퍼서 우는 게 아닐 거라고, 얼굴엔 미소를 띠고 있을 거라고. 아니, 그랬으면 좋겠다고. 아까도 분명히 말하셨잖은가. 이제 훌리오가 눈앞에 없어도 괜찮다고……. 하지만 파커도 모르지 않았다. 소중했던 존재가 떠나가는 순간을 지켜보는 건 결코 익숙해지기 힘든 일이란 것을.

창문 너머로 맨션 앞뜰 잔디에서 뛰노는 아이들이 보였다. 그들은 고개를 하늘로 잔뜩 젖힌 채 떠들고 있었다. 나방금 하늘에서 무슨 불덩어리를 본 것 같아. 불덩어리라니 뭔 개소리야. 비행물체 같은 거 아니었어?

10월의 창공은 그 어느 때보다도 높고 푸르렀다. 비행하기 딱 좋은 날이었다.

"나는 사과의 말도 잊은 채 유령처럼 중얼거렸다.
내가 보이시다니 다행이에요, 정말 다행이에요……."

지하철 정거장에서

¤

　"조동사는 본동사를 보조하는 동사로 여러 종류가 있죠. will, can, may, should, must…….."

　말끝을 흐리며 슬쩍 뒤를 돌아보았다. 교탁 앞에 선 나는 그야말로 어색하기 짝이 없었다. 강의실엔 쌍둥이처럼 쏙 빼닮은 원장과 실장 그리고 나, 이렇게 달랑 셋뿐이었다.

　나는 화이트보드에 써둔 단어 위로 동그라미를 치며 계속 말했다.

　"자, 그럼 여기서 should와 must 사이엔 어떤 뉘앙스적 차이가 있을까요?"

　원장과 실장의 얼굴을 살폈다. 승무원처럼 말끔하게 머리를 틀어 올린 두 여자가 나를 빤히 응시하고 있었다. 누가 누군지 구분이 잘 안 갔다. 머리 스타일이라도 좀 달랐

으면 좋으련만, 저 노란 머플러를 두른 사람이 실장이라고
했던가.

　학원서 연락이 왔던 건 불과 어제였다. 자신을 상담 실
장이라고 소개한 여자는 정중한 목소리로 말했다. "아무
문법 내용이라도 좋으니 부담 가질 필요는 없을 거예요.
시범 강의는 10분 정도만 간단히 진행할 거고요." 시강을
준비해오라는 학원은 이곳이 처음이었다. 전화를 끊자마
자 서점으로 달려가 시중에 나와 있는 중등 문법 교재들을
훑어보았다. 돈 주고 사기는 왠지 아까운 책들이었다. 나
는 핸드폰으로 교재의 몇몇 페이지를 몰래 촬영했다. 그러
곤 집으로 돌아와 찍어온 사진들을 보며 괜찮은 예문 몇
개를 열심히 외워두었다.

　should와 must가 들어간 예문들을 복기하며 화이트보
드에 휘갈겼다. 뒤를 돌자 머플러 여자가 원장과 눈짓을
주고받고 있었다.

　"이제 독해 강의를 해보세요. 교재는 여기 있어요."

　실장이 강의를 잠시 중단시키며 말했다. 나는 마커를 내
려두고 독해 책을 서둘러 뒤적였다. 페이지를 넘기는 손
이 덜덜 떨려왔다. 독해 수업 준비는 안 해왔는데…… 다
행히 익숙한 이름과 어휘들이 보이는 지문 하나가 보였다.
중학생 영어 독해 문제집에 이런 내용의 지문도 수록돼 있
다니. 나는 반가운 마음에 목소리를 얼른 가다듬고 강의를

이어갔다.

"자, 주어와 술어를 찾아 동그라미 칠 준비하시고요. 첫 줄부터 해석해 볼까요. 다음 작품은 에즈라 파운드의 작품 가운데 단 두 행만으로 이루어진 가장 짧은 시죠. 제목은 「지하철 정거장에서」입니다. 군중 속에서 유령처럼 나타나는 이 얼굴들, 까맣게 젖은 나뭇가지 위의 꽃잎들⋯⋯."

"오케이, 거기까지."

원장이 펜을 쥔 손을 들어 올리며 말했다.

"실장님과 따로 할 얘기가 있으니 희나 씨는 원장실에 가서 대기하고 있으세요."

손에 쥐고 있던 핸드폰이 짧게 진동했다. 화면 위로 준에게서 메시지가 왔다는 알림창이 보였다. 답장을 막 보내려던 찰나에 원장실 문이 벌컥 열렸다.

"원래 그렇게 목소리가 작아요?"

원장이 들어오자마자 툭 쏘아 댔다. 뒤따라온 실장이 사뭇 친절한 목소리로 거들었다.

"애들은 조금이라도 지루하거나 재미없으면 쉽게 졸려 하고 집중을 잘 못해서요. 우리처럼 중학생을 대상으로 수업하는 학원에선 특히 명심하셔야 되는 부분이죠. 학생들을 사로잡으려면 지금보다 덜 얌전하셨으면 좋겠어요."

실장은 어느새 내 옆에 바짝 다가와 앉아 있었다.

"목소리를 훨씬 더 크고 밝게, 안 될까요? 혹시 그렇게 바꾸실 의향은 있으신지. 우리도 희나 씨 그냥 보내긴 아쉬워서 그래요."

실장의 말은 영 미덥지 못했다. 정말 그냥 보내기 아쉬운 걸까. 아니면 다른 면접자들보다 내가 그나마 좀 더 나았다는 말일까.

"사실 고칠 부분이 한두 곳 아니에요. 아까 칠판에 글씨 쓰는 거 보니까 아주 엉망이더군요. 시선 처리도 너무 불안하고요. 때에 따라 동영상으로 비대면 강의를 병행해야 할 수도 있는데 말이죠."

원장의 말에 나는 합격을 확신했다. 떨어뜨리기로 했다면 미안해서라도 조금은 인자하게 굴지 않았을까. 아니, 나는 아직도 사람 보는 눈이 한참 모자란가. 원래 그렇게 말을 못 되게 하는 사람도 있을 수 있지…… 확신은 점점 의심으로 바뀌어 갔다. 원장은 어째 끝까지 호락호락하지 않았다.

"영문과 나오고 영시 몇 개 좀 안다고 다 학원 강사를 할 수 있는 건 아닌데 말야. 지식이 전부가 아니에요. 게다가 아는 것과 가르치는 건 또 다른 문제라고요."

원장이 내 이력서를 펜 끝으로 통통 치며 격앙된 목소리로 말했다.

"벌써 서른이 다 되어가시니 졸업한 지도 꽤 됐을 테고.

그나저나 다들 참 양심도 없어. 잠깐 돈 벌고 나갈 생각으로 들어오기나 하고 말야."

나는 별 반응 없이 가만히 듣고만 있었다. 그때 실장이 목에 바짝 맨 실크 머플러를 매만지며 다급히 중재에 나섰다.

"언니, 다 그러는 건 아니겠지. 제발 진정하고. 희나 씨, 너무 기분 나빠하진 마시고요. 우리 언니, 아니 원장님이 그간 당한 게 많아서 그래요."

—면접 잘 봤어?
—합격. 당장 내일부터 나오라고 하네.

집으로 돌아가는 길, 나는 뒤늦게 준의 메시지에 답장했다. 갑작스럽게 발생한 빈자리를 보충하는 느낌이었다. 원장은 일 년 이상 일할 수 없으면 시작조차 하지 말라고 경고했다. "그전에 일하던 월, 수 반 선생님이 계약 기간을 어기고 갑자기 관두는 바람에 우리가 아주 난처하게 됐다고요." 원장의 말에 나는 일단 알겠다고 대답했다.

—고생했어. 이번엔 계약서부터 쓰고 시작하는 거 잊지 말고.
—응, 당연하지.

나는 준에게 답장하면서 다짐했다. 원장이 먼저 계약서를 들이밀 때까지 잠자코 있자고. 괜히 긁어 부스럼내지 말자고. 괜히 이래저래 나섰다간 또 지난 학원에서처럼 쫓겨날지도 몰랐으니까.

*

강의실 교탁 앞에 서자 순간 현기증이 난다. 비좁은 공간에 팔십 명은 족히 넘는 아이들이 빽빽이 앉아 있다. 화이트보드 마커를 쥔 손이 덜덜 떨려온다. 까짓것, 무대 위에서 연기 한다고 생각하자. 우선 기선제압부터 필요해 보인다.

"너네 다 조용히 못 해?"

다들 나를 흘끗 쳐다만 볼 뿐 콧방귀도 뀌지 않는다. 서로 똑 닮은 세 남학생이 유독 눈에 거슬린다. 셋 다 나보다 머리가 훨씬 길다. 뒤로 질끈 묶은 머리 때문에 짙은 눈썹과 각진 하관이 도드라져 보인다. 그들은 교실 정중앙에 있는 책상을 둘러싸고 핸드폰을 들여다 보고 있다. "너네, 압수야." 핸드폰을 낚아채며 나는 화면을 들여다본다. 무언가가 재생되고 있다. 그런데 영상에 등장하는 여자가 왠지 모르게 익숙하다. 그녀가 말한다. *너네 다 조용히 못 해?* 화면 속에서 내가 소리치고 있다. 황급히 고개를 들자 도망치는 아이들의 뒷모습이 보인다. 나는 서둘러 그들을 뒤쫓는다. 하지만 몇 걸음 못 가 교실 문턱에 발이 걸려 넘어진다.

"거기 서!"

나는 있는 힘껏 악을 쓴다. 하지만 어떠한 고함도 들려오지 않는다.

눈을 뜨자 온몸이 식은땀으로 젖어 있었다. 뭐 이런 기분 나쁜 꿈을 다 꿨을까. 침대를 박차고 일어나자마자 중심을 잃고 바닥에 대자로 뻗었다. 넘어질 때 입에서 엄청난 외마디 비명이 터져 나왔다. 욱신거리는 무릎을 부여잡고 서둘러 화장실로 향했다. 얼른 나갈 채비를 해야 했다.

학원 수업 첫날이었다. 환승 한 번 포함 지하철로 총 열아홉 정거장, 지하철역에서 내린 뒤엔 버스로 두 정거장 더 가야 했다. 집에서 비교적 가까웠던 학원들에선 면접에서 진작에 떨어졌다.

멀어도 오갈 때 뭐라도 읽으면 그만이었다. 학원은 대학 입시생 대상 강의만 아니면 그나마 스트레스는 덜할 것 같았다. 토익, 토플 같은 시험 대비반도 아니었기에 수업 준비도 그리 어렵지 않아 보였다. 이참에 애들을 가르치면서 소심한 성격도 좀 바꿔봐야지 싶었다.

빈 좌석은 보이지 않았다. 다들 이 시간에 어딜 가는 걸까. 열차 안을 둘러보다 가방에서 오늘 수업할 독해 교재를 꺼냈다. 책을 펼쳐 들었지만 한 글자도 눈에 들어오지 않았다. 그저 어제 원장에게서 받은 질문들만 머릿속을 맴돌았다.

"영어 관련 이력은 번역뿐인데, 그마저도 기업 내 보고서 번역이었다니요." 원장은 내 이력서를 보며 말했다. "책으로 나오거나 어디 잡지에 실린 것도 아니고, 그럼 대체 내가 어떻게 그 경력을 확인할 수 있나. 학원서 일 해본 적은 한 번도 없는 거예요?"

아니었다. 5년간 잘 다니던 회사를 관둔 이후, 한동안 매일 학원으로 출근했다. 영어 학원은 아니었다. 연기 학원이었다. 나는 일명 '카운터지기'였다. 수강생들의 출결 사항을 관리하고, 학원비 납부일을 개인별로 체크해 공지했으며, 강사들이 늦을 땐 전화해 어디쯤 오고 계시냐며 물어봤다. 사실 그것 말고도 할 일은 많았다. 틈틈이 연기 수업을 유리문 너머로 훔쳐보고, 집에 돌아오자마자 강의실에 몰래 가져다 두었던 녹음기를 재생하며 수업을 복기했다. 학원장이 우연히 원내 CCTV를 보고 나를 해고하기 전까지 이 생활을 반복했다. 모두 영어 학원 이력서엔 생략하면 더 나을 이야기들이었다.

원장이 "앞으로 영어 학원 강사로 계속 일할 마음으로 오신 거냐"고 물어왔을 때, "그렇다"고 대답했다. 물론 거짓말이었다. 나는 늦깎이 연극영화과 입시 준비생이었다. 실기 전형에서 이미 한 번 떨어졌지만, 마지막으로 다시 한번 도전해볼 생각이었다. 연극 배우는 남몰래 품어왔던 나의 오랜 꿈이었다. 입시를 준비하는 사이 운 좋게 어디 공연 오디션에라도 붙으면 그날로 영어 학원은 끝이었다.

내가 무슨 생각을 하고 있는지 영어 학원에선 상상도 못 했을 거다. 어제도 원장은 계속 이렇게 쏘아대기나 했으니까.

"아니 그리고, 원래 그렇게 목소리가 작아요?"

원장은 자기네 학원은 소규모 강의 위주여서 마이크를 제공하지 않는다고, 따로 챙겨오는 것도 원치 않는다고 딱 잘라 말했다.

"마이크 울리는 소리가 은근 수업에 방해가 되더군요. 근데, 원래 목소리가 그렇게 작은 편이에요?"

반복되는 질문에 머리가 지끈거렸다. 그러고 보니 언젠가 준에게서도 비슷한 말을 들은 적이 있었다. "희나야, 너 목소리가 원래부터 그렇게 작았어?" 내가 입을 열 때면 준은 내 쪽으로 귀를 바짝 들이대며 말하곤 했다. 같이 밖에서 뭐라도 사 먹을 때면 그는 부탁도 하지 않는데 내 말을 반복해 읊어주었다. 명란 파스타 하나랑 스프라이트라고 말한 거예요, 들으셨죠? 아이스라떼 주문한대요, 화장실이 어디냐고 묻는대요······.

환승 열차에도 빈 좌석은 보이지 않았다. 잠시 제자리에서 서성이다 지하철 문 바로 앞에 가 섰다. 열차가 터널로 진입하자 창문은 순식간에 검게 변했다. 군중 속에 홀연히 나타난 심심한 얼굴 하나가 나를 바라보고 있었다. 마스크 위에 떠 있는 매가리 없는 눈. 유령이 따로 없었다. 검은 창문에 비친 내 얼굴은 곧 눈 깜짝할 새에 사라졌다. 창밖으로 달리는 자동차가, 한강이, 오리배가, 에메랄드빛 민머리 지붕의 국회의사당이 보였다. 저기 드나드는 사람들은 잘했든 못했든 목소리가 참 크던데…… 열차는 금세 터널에 진입했다. 다시 어두워진 창문 위로 지친 얼굴 하나가 불쑥, 출몰했다. 순간 재채기가 터져 나오면서 몸이 휘청였다. 나는 평소보다 커다란 기침 소리에 놀라 괜히 주변을 두리번거렸다.

열차 문이 열리고 있었다. 나는 빛의 속도로 열차를 빠져나왔다. 역사 밖으로 나오자마자 버스정류장이 보였다. 이 시간 버스를 기다리는 사람은 아무도 없었다. 멀리서 타야 할 버스가 다가왔다. 나는 대로변 바깥쪽에 서서 양팔을 휘저었다. 안 그러면 버스들은 누가 있는 줄도 모르고 늘 그냥 지나치곤 했으므로.

*

강의실에 들어가기 직전 빠르게 성호를 그었다. 부디 아무것도 날아오지 않기를. 얼마 전 한 연극 관련 유튜브 영상에서 보았던 펜화 하나가 막 떠올랐던 참이었다. 성난 관중 한 명이 먹고 있던 사과를 무대 위로 집어 던지는 그림이었다. "셰익스피어 시대 때는 공연에 대한 평가가 그야말로 즉각적으로 이뤄졌죠." 에스트라공이라는 닉네임을 가진 그 유튜버는 영상에 그림을 띄워 보여주면서 말했다. "공연이 마음에 안 들면 관중들은 사과는 물론 신문지 뭉치며 먹다 남은 빵, 신발 등 가리지 않고 가차 없이 던졌다고요."

지금은 긴장할 필요가 전혀 없었다. 이곳은 안전한 무대였다. 내 앞에 앉아 있는 이 다섯 명의 학생들은 모두 나보다 한참 어렸다. 나는 한 글자 한 글자 힘을 주며 부러 또박또박 말했다.

"이제 수업 시작하니……"

문장을 다 끝맺기도 전, 재빨리 교탁 아래로 몸을 숨겨야 했다. 뭔가가 날아오기라도 한 듯 정신이 아찔했다. 무엇보다 귀가 얼얼했다.

몸을 일으키자 눈을 휘둥그레 뜨고 두리번거리는 아이

들이 보였다. 스피커도 없는 강의실에서 대체 무슨 소리지. 나는 방금 울려 퍼진 커다란 소리의 근원지를 찾기 위해 교실 구석구석을 살펴보며 다시 입을 열었다.

"이제 수업 시작하니……"

교실은 또다시 거대한 소음으로 가득 찼다. 맨 앞자리에 앉아 핸드폰만 계속 만지작거리던 남학생이 귀를 틀어막으며 외쳤다.

"아, 씨발 이게 무슨 소리예요!"

"희나 선생님, 대체 무슨 일이지요?"

아이의 외침과 동시에 강의실 문이 벌컥 열렸다. 원장이었다. 실장도 당황한 표정으로 원장을 뒤따라오며 소리쳤다.

"아니 교실에서 굉음이 터져 나왔다고요, 방금!"

"저도 잘……"

이번에도 문장을 끝맺을 수 없었다. 내 목소리는 확성기에 갖다 대고 소리라도 지른 듯 쩌렁쩌렁 울려 퍼지고 있었다. 노래방 마이크 볼륨을 최대로 높였을 때만큼 큰 소리였다. 분명 조금 전보다 훨씬 낮고 작게 중얼거렸건만, 입밖으로 나오는 목소리는 완전히 정반대였다. 숨을 크게 들이마실 때도 고장난 앰프가 윙윙거리듯 듣기 싫은 소리가 났다.

원장이 성난 표정을 애써 숨기고 호흡을 가다듬으며 말

했다.

"얘들아, 당황하지 말고 오 분만 쉬었다가 수업 시작하자. 오늘 수업은 상담 실장님이 대신 해줄 거야. 그렇죠, 하 실장? 희나 선생님은 원장실로 따라오세요."

"네, 정말 이상하……"

복도를 뒤흔드는 소리에 나는 황급히 다시 입을 다물어야 했다.

원장실에 들어가자마자 핸드폰을 꺼내 급히 메모 앱을 열었다. 화면 위로 정신없이 손가락을 두드리기 시작했다.

저도 어떻게 된 영문인지모르겠어요 이부러 크게 서리낸거 아니에요

핸드폰 화면을 곧장 원장과 실장 얼굴 앞에 들이밀었다. 마음이 급했던 나머지 오타는 물론 띄어쓰기도 엉망이었다.

실장이 머플러를 쥐어뜯으며 잔뜩 흥분한 채 소리 질렀다.

"우리가 목소리를 조금만 더 키워달라고 했지, 이 정도까지 요구한 건 아니잖아요. 어디 고성능 마이크라도 숨겨온 거예요, 뭐예요!"

원장은 동생을 제지하며 차갑게 말했다.

"너는 얼른 가서 수업 준비나 해. 희나 선생님, 설령 목소리가 돌아오더라도 아이들이 선생님만 보면 불안해서 수업에 집중을 못 할 게 뻔해요. 난 아이들을 최우선으로 생각해야 해요. 아직 계약서도 안 썼으니, 우린 이것으로 끝내도록 하죠."

"저도 예상치 못한 일이에요. 한 번 더 기회를 주셔야 하는 거 아닌가요?"

나는 귀를 양손으로 꽉 틀어막은 채 말했다. 귀청이 떨어져 나갈 것 같았다. 고개를 들자 엎드린 자세로 구석에 웅크리고 있는 원장과 실장이 보였다. 곧이어 문밖으로 바닥이 우르르 진동하는 소리가 들렸다. 원생들이 쿵쿵거리며 정신없이 달아나고 있었다.

"얘들아, 안 돼!"

원장이 사색이 된 얼굴로 소리치며 뛰쳐나갔다.

*

"그래서, 첫 수업도 다 못 끝내고 잘린 거야?"

준의 말에 나는 고개를 끄덕이며 깊이 한숨을 내쉬었다. 순간 마이크 위로 바람이 스치듯 거대한 숨소리가 카페 안을 휩쓸었다.

테이블이 여섯 개밖에 없는 작은 카페였다. 구석에 홀로 앉아 있던 여자는 놀란 표정으로 두리번거리다 자리를 떴다. 카운터에 서 있던 직원도 스피커 쪽을 괜히 한번 쳐다보더니 찜찜한 표정을 지어 보였다.

—봐, 숨도 맘대로 못 쉬잖아.

준에게 메시지를 보낸 후 나는 맞지? 하는 표정으로 그를 건너다봤다.

준을 직접 마주하는 건 꽤 오랜만이었다. 생각보다 반갑지는 않았다. 앞으로도 메시지로만 틈틈이 근황을 주고받는 정도면 딱 좋을 텐데. 나는 테이블 위로 얼른 노트북을 꺼내 펼쳤다. 그러곤 PC 버전 메신저 대화창을 열었다.

—핸드폰으로 메시지 작성하기엔 도무지 속도가 나질 않아서. 어쨌든, 어제 내가 조금만 더 크게 말했으면 학원 창문들 다 터져 나갔을걸? 너 성악가가 엄청난 성량으로 유리병 깨뜨리고 하는 거 다큐 같은 데서 많이 봤지?

"이게 대체 웬일이냐."

준이 내 메시지를 확인하며 중얼거렸다. 그는 여전히 믿기지 않는다는 듯 고개를 절레절레 흔들었다.

학원서 한바탕 소동을 치르고 돌아온 날 저녁, 나는 이불을 뒤집어쓰고 온갖 시도를 해보았다. 목소리 크기만 잘 조절할 수 있다면 문제없을 거라 생각했다. 하지만 입을 열 때 마다 모두 실패였다. 대문을 쾅쾅 두드리며 항의하는 이웃들에게 나는 아무런 대꾸도 할 수 없었다. 아주 작게만 속삭여도 대형 스피커가 최대 볼륨으로 울려 퍼질 때 처럼 큰 소리가 났다. 숨을 크게 내쉬면 바람 빠지는 소리 와 함께 미세한 파동까지 느껴졌다. 입만 조심스레 움직여 보았을 때도 마찬가지였다. 거친 바람이 잔가지를 뒤흔들 때 날법한 미세한 소음이 귓가에 맴돌았다.

다음날 눈을 뜨자마자 대학병원 이비인후과에 찾아갔 다. 성대 진동 검사니 음향 검사니 온갖 검사를 다 받아 봤 지만 소용없었다. 의사는 심각한 얼굴로 나 때문에 병원 장비들이 고장난 것 같다고 하더니 갑자기 엉뚱한 소리를 했다. "오늘 희나 씨가 말해준, 아니 글로 써서 보여준 증 상들과 오늘의 진료 기록들, 저희 병원 연구팀에 제공해도 되겠습니까. 워낙 희귀한 경우여서요." 나는 고개를 좌우 로 세게 흔들어 보이며 거절했다. 기분이 좋지 않았다. 우 리에 갇힌 원숭이 취급이라도 당한 느낌이었다.

사실 준의 반응도 크게 다르지 않았다. 준에게 이 사실 을 처음 알렸을 때, 그는 거짓말하지 말라며 키읔 자만 연 달아 보내왔다. 만나서 두 눈으로, 아니 두 귀로 확인하기 전까진 못 믿겠다면서. 그러면서 때마침 오늘부터 휴가를 냈다며 냅다 뛰쳐나왔다. 무슨 대단한 구경거리라도 생겼 다는 듯이. 문득 궁금했다. 저 애가 나 같은 상황에 처했다 면 대체 어떤 반응이었을까. 당장엔 맘 놓고 노래할 수 없 게 됐다며 날뛰었겠지. 준은 스트레스가 쌓일 때면 코인노

래방에 가서 혼자 열 곡 넘게 열창하다 오곤 했다. 요즘엔 회사를 너무 관두고 싶다며 거의 매일같이 노래방에 가고 있었다. 준의 술주정은 늘 같은 레퍼토리로 흘러갔다. 나 유튜브 채널이나 한번 운영해볼까. 같이 한번 해보지 않을래? 너 잘 한번 생각해봐. 요즘 연극을 대체 누가 보러 가니? 이젠 영상이 대세인 시대야. 주제만 잘 정해서 운영하면 우리도 승산이 있을 거야. 내가 또 그런 기획 잘하는 사람이잖아⋯⋯.

"내 얼굴에 뭐 묻었어? 뭘 그렇게 빤히 쳐다봐."

준의 말에 나는 얼른 그에게서 시선을 거두었다. 준은 의자에 등을 털썩 기대면서 말했다.

"그나저나 내가 너한테 무대 위에서 제발 크게 말해달라고 애원한 게 엊그제 같은데, 참 별일이야."

나는 키보드 위로 곧장 다시 손을 놀렸다.

─정말 그때 이 목소리였으면 난 속삭이기만 해도 됐을 텐데.

엊그제 같다, 라니. 벌써 6년 전 일이었다.

*

준과 함께 P 교수의 영미 희곡 수업을 들었던 해였다. 한 학기 내내 햄릿 원문 텍스트만 분석하며 매번 심화 과제를 발표하는 학부 수업이었다. P 교수는 어느 날 강의계획서에도 없던 기말 공연을 즉흥적으로 생각해내선 이를 기말고사로 대체하겠다고 공지했다. 수강 신청 변경 기간이 막 끝났을 즈음이었다. "막과 막 사이의 연결은 고려하지 않아도 되니 조별로 마음껏 각색해 준비하시면 됩니다. 각 조가 공연할 막은 공평하게 제비뽑기로 하죠."

내가 '3'이라고 적힌 종이를 뽑아 들었을 때, 준을 비롯한 조원들은 환호성을 질렀다. 3막엔 '죽느냐 사느냐'를 논하는 햄릿의 유명한 독백과 함께 햄릿이 새 아버지와 왕비 앞에서 돌아가신 아버지 선왕의 억울함을 풀고자 연극을 선보이는 장면이 있었다. 모두 클라이맥스로 치닫기 직전 도화선을 지피는 순간들이었다.

우리가 맡은 3막은 조선 시대를 배경으로 각색되었다. 원작을 잘 살리기 위해 시간적 배경만 연출에 차용하기로 의견이 모아졌다. 평소 사극 드라마를 즐겨보던 준의 취향이 반영된 결과였다. 우리는 한복대여점에서 황금빛 도포며 새파란 저고리, 산처럼 볼록한 익선관, 틀어 올린 머리 가발 따위 등 온갖 소품까지 빌리며 만반의 준비를 했다. 의상과 무대 디자인, 배역 조정 등 전반적인 연출은 각색을 주도한 준이 자연스레 도맡았다.

팀원이 다섯 명뿐이었기에 다들 멀티로 움직였다. 준도 연출과 동시에 배역을 하나 맡아야 했다. 나는 극 중 극 속의 '배우 왕' 그리고 '햄릿의 아버지 유령' 역을 맡게 됐다. 준은 말했다. "희나야, 어려울 거 없어. 배우 왕은 배우 왕비랑 잠깐 대화한 다음 정원에서 자는 척하다 바로 죽으면 돼. 게다가 3막에선 유령 비중이 적은 편이야. 햄릿이 엄마에게 대들 때 한 번 등장해서 꾸짖고 사라지면 되고." 나는 큰 소리로 호통칠 자신이 없어 극 중 극은 무언극으로 돌리면 안 되냐고 물었지만, 준은 곧바로 거절했다. 거기선 대사가 들어가야 극의 흐름에 맞다고, 대신 유령 대사를 한마디로 줄여주겠다고 하면서.

—나 그때 저승사자 연기 꽤 하지 않았어? 아무래도 난 영화 담당 기자가 아니라 영화배우가 됐어야 했나 봐.

이번엔 준도 말 대신 메시지를 보내왔다. 나는 그에게 고개를 끄덕여 보였다. 준이 타고난 무대 체질이었다는 건 나도 인정하는 바였다.

그가 맡았던 역은 극의 중간중간 변사처럼 끼어드는 저승사자였다. 원작엔 존재하지 않던 새로운 역할이었다. 준은 달걀귀신처럼 하얗게 분칠한 얼굴에 새빨간 립스틱을 바르고, 검고 긴 한복 저고리를 걸친 채 갓을 쓰고 무대에 올랐다. 그는 접힌 부채를 손바닥에 탁탁 치며 천연덕스럽게 연기했다. P 교수는 저승사자가 3막에서 가장 인상 깊었던 배역이라며 칭찬을 아끼지 않았다. 연극 공연을 잘 마무리한 뒤 마침내 준이 사귀자고 고백해왔던 날, 나는 그가 자꾸 저승사자와 겹쳐 보여 혼났다.

"그나저나, 정말 언제 적 햄릿이니. 셰익스피어 작품은 그만 좀 우려먹어야 돼."

준은 핸드폰을 내려놓고 기지개를 켜며 말했다. 나는 무표정으로 가만히 키보드를 두드렸다. *우려먹는 것 자체가 문제가 아니라 **어떻게** 우려먹었는지가 중요한 거겠……* 그때 준의 목소리가 다시 들려왔다. 나는 문장을 완성하지 못한 채 서둘러 백스페이스 키를 눌렀다.

"사실 P 교수님 얼굴도 가물가물해. 사진을 꺼내 봐야 어렴풋이 기억나는 정도랄까."

나는 아니었다. 그는 여전히 내 기억 속에 생생했다.

특히 기말 공연이 끝난 뒤 P 교수가 벅찬 표정으로 학생들과 관객들에게 전했던 소감은 요새도 가끔 떠올랐다. "모두들 수고하셨습니다. 저도 잠시나마 과거로 돌아간 느낌이 들었네요. 비록 공부는 뒷전이었지만 열심히 거리에 나가 목소리를 냈고, 맞서 싸웠고, 그러면서도 불같이 사랑하며 신나게 공연을 준비했던 시절이었죠." P 교수는 대학 시절 극단 동아리를 했던 시간을 추억하며 우리의 햄릿 공연 준비에 열성을 다했다. 공연을 위해 무대가 있는 학관 대형 강의실을 빌렸고, 공연 시간도 수업 시간이 아닌 저녁 6시 반으로 조정했다. 가족과 지인들을 많이 불러도 좋다면서 온라인 초대장도 직접 제작했다. 공연 날이 다가올수록 P 교수의 표정은 점점 밝아졌다. 햄릿처럼 심각한 얼굴로 교정을 거닐던 사람과 같은 사람이 맞나 싶을 정도였다.

공연 당일, 객석은 제법 가득 찼다. 그 가운데 나를 보러 온 관객은 없었다. 나는 가족은 물론 몇 안 되는 친구들에게도 그날 공연이 있다는 사실을 알리지 않았으므로. 다행히 공연은 무사히 진행되었다. 막과 막이 끝날 때마다 관객들은 아낌없이 박수를 보내왔다. 그날 준은 3막이 끝나고 박수 소리가 가장 컸다면서 기뻐했다.

그는 지금도 그때와 똑같이 말하고 있었다.

"희나야, 너 그때 우리 조 끝나고 박수 소리 제일 컸던 거 기억나지?"

준은 핸드폰 안으로 퐁당 빠지기라도 할 것처럼 화면에 눈을 고정한 채 중얼거렸다. 대체 뭘 보고 있길래 저렇게 히죽거리고 있담. 쟨 항상 저런 식이지, 나를 앞에 두고도 늘 핸드폰에만 정신이 팔려있지…… 시선을 멀리 두자 건너편 거울 벽이 보였다. 준의 뒷모습과 함께 단정한 단발머리에 창백한 얼굴을 한 여자가 힘없이 거울을 응시하고 있었다. 거울 속 나 자신과 눈이 마주치자 순간 참을 수 없는 갈증이 밀려왔다.

아이스 아메리카노에 꽂아둔 빨대를 힘껏 빨아들였다. 곧이어 한숨을 내쉬었을 때보다 더 크고 끔찍한 소리가 울려 퍼졌다. 나는 준에게 작별인사도 하지 않은 채 무작정 카페를 뛰쳐나왔다.

*

퇴근 시간이 가까워졌는지 열차는 인파로 붐볐다. 나는 팔짱을 낀 채 어두운 창문 앞으로 바짝 붙어 섰다.

창 속으로 군중들 사이에 축 처진 얼굴이 보였다. 어제 처음이자 마지막 수업 날이었던 학원에서도 이런 힘없는 표정으로 서 있었던 걸까.

실장은 나 때문에 갑자기 수업을 대신하느라 중요한 약속을 날리게 됐다며 화를 냈다.

"목소리 좀 키워달라고 충고 한번 했더니, 이렇게 복수할 줄은 몰랐네요. 인상이 유순해 보여서 문제는 안 일으킬 거라 생각했는데."

원장도 얼른 새 강사를 다시 뽑아야 한다는 생각에 신경이 날카로웠다. 특히 실장은 면접 날 보여줬던 친절한 모습과는 달리 내뱉는 말마다 싸늘하기 그지없었다.

"자신이 없었으면 처음부터 말을 했어야지. 우리도 매번 강사 구하고 면접 보고 하는 게 얼마나 힘든지 알아요?"

실장의 목소리가 점점 커지자 원장은 소리를 꽥 질렀다. "너도 좀 조용히 말하지 못해? 어째서 이렇게들 다 목소리만 커. 얼른 새로 구인 광고부터 올릴 준비나 해……."

창문에 비친 얼굴을 응시하며 어제 들었던 말을 곱씹어 보았다. 유순해 보였다는 말은 아마도 칭찬이 아니었을 것이다. 시키는 대로 말을 잘 들을 것처럼 보였다는 뜻이겠지. 나는 어째서 조금은 제멋대로, 뻔뻔하게 굴지 못하는 걸까, 준은 잘만 그러던데. 그는 자기 목소리를 거침없이 내뱉는 것에 익숙한 사람이었다. 별 것 아닌 것도 그럴 듯하게 포장해 띄우는 데 능숙했다. 나는 그런 준이 재수 없으면서도 솔직히 조금은 부러웠다.

지하철 문이 열렸다 닫혔다. 어두운 차창 위로 눈물 콧물을 한가득 쏟고 있는 얼굴이 비쳤다. 이놈의 끈적끈적한 액체는 빨아들일 수도, 휑하고 풀 수도 없었다. 그러면 아주 큰 소리가 날 테니까. 가방에서 손수건을 주섬주섬 꺼내 들었다. 마스크를 잠시 내리고 조용히 얼굴을 닦아냈다. 빳빳하게 접혀있던 손수건이 빠른 속도로 축축하게 젖었다. 열차 안의 승객들은 나를 본 척도 않고 코앞의 핸드폰에 집중했다. 이 추한 몰골을 모른 척해 주니 다들 고맙

긴 하다만…… 근데 설마, 정말 내가 보이지 않는 건 아니겠지.

그때 핸드폰이 울렸다. 준에게서 걸려온 전화였다. 나는 수신 거절 버튼을 누른 뒤 메시지를 보냈다.

—나 지금 전화 받아도 말 못 하는 거 알잖아.

답장이 도착하기 전, 메시지를 하나 더 보냈다.

—근데 너 그때 왜 나한테 유령 왕 역할 시켰던 거야? 극 중 극 속의 배우 왕은 그래, 그렇다 쳐, 유령은 다른 애 시켜도 됐잖아? 나 진짜로 그냥 궁금해서 물어보는 거야.

전송 버튼을 누르고 고개를 들었을 때 드디어 빈 좌석 하나가 보였다. 내가 좋아하는 끄트머리 자리였다. 좌석 기둥을 붙잡고 조심스레 앉았다. 숨을 크게 내쉬고 싶었지만, 꾹 참았다. 눈앞이 깜깜했다. 이젠 정말 어떻게 해야 하는 걸까. 내 인생은 대체 어디로 흘러가는 것인가.

그때 핸드폰이 연달아 짧게 진동했다.

—또 그 소리야? 그게 대체 언제 적 이야기야. 그나저나, 너 지금 대체 어디야?

화면을 바라보고 있는데 메시지가 또 도착했다.

—그리고 너 기억 안 나? 너가 하고 싶다고 먼저 말했던 역할이야. 눈에 안 띄고 비중 적은 역 하고 싶다면서.

기억나지 않았다. 나는 더 이상 준과 대화를 이어가고 싶지 않았다. 그때 핸드폰이 다시 울렸다.

—그때도 누차 강조했지만, 둘 다 결코 자잘한 역 아니었어. 극의 흐름을 반전시키는 중요한 역할들이었다고. 물론 3막 유령은 1막에서처럼 비중 있는 역은 아니었다만…… 솔직히 그래서 너한테 더 딱이었긴 했잖아.

내가 뭐라고 답하기도 전, 그는 곧바로 다음 메시지를 보내왔다.

—목소리는 너무 걱정하지 마. 어떻게든 되겠지. 게다가 너는 지금 입만 열면 세상을 뒤흔들 수 있다! 잠시 대단한 능력을 가지게 됐다고 생각하고, 일단 조금만 더 기다려보자.

나는 얼굴이 점점 뜨거워졌다. 메시지를 작성하는 손이 덜덜 떨려왔다.

—설마 너, 지금 그걸 위로라고 하는 말이야?

전송과 동시에 핸드폰이 다시 길게 진동했다. 준에게서 전화가 걸려오고 있었다. 나는 핸드폰 전원을 그대로 꺼버렸다.

정차역이 가까워지고 있었다. 소리를 내지 않으려고 애를 쓰다 보니 온몸에 힘이 다 빠졌다. 눈덩이가 점점 무거워져 왔다. 정차역이 가까워지고 있었지만 두 눈은 계속 감겨오기만 했다.

열차 문이 열리자마자 나는 한달음에 뛰쳐나간다. 참았

던 숨을 깊게 토해낸다. 그와 동시에 역 안은 지진이라도 난 듯 미세한 진동이 넘실거린다. 지하철 역사 안, 계단으로 이어진 출구 할 것 없이 모두 나의 거대한 숨소리로 가득 찬다. 승강장의 스크린도어에 금이 가고, 자판기 안의 음료수들이 덜그럭 소리를 내며 흔들린다. 곧이어 누군가의 비명이, 엄마에게 안긴 아기의 고막을 때리는 울음소리가 울려 퍼진다. 수화기를 짊어지고 달리는 사람들, 화재용 마스크가 비치된 유리 찬장을 발로 깨서 챙기는 사람들이 보인다. 역무원과 경찰들이 그 사이를 우왕좌왕 뛰어다닌다. 나는 갈피를 못 잡고 제자리에 서 있다. 순간 분주히 오가는 사람들이 한 뭉텅이의 원으로 수렴되어 회오리친다.

순간 좌석 기둥에 이마를 부딪치고 번쩍 눈을 떴다.

마스크는 어느새 침으로 축축하게 젖어 있었다. 때마침 열차 문이 열렸다. 나는 재빨리 문밖으로 뛰쳐나갔다. *꿈이었나.* 혼잣말을 중얼거리다가 황급히 입을 틀어막았다. 하지만 역사 안에선 별다른 동요가 느껴지지 않았다. 자판기와 스크린도어, 마스크가 비치된 유리 찬장 그 어떤 곳에도 미세한 균열조차 보이지 않았다. 울부짖는 사람도, 우왕좌왕 헤매거나 놀라서 도망치는 사람도 없었다.

나는 조심스레 다시 소리내봤다. *아, 아⋯⋯* 목소리를 조금씩 키워봤으나 곧 승강장으로 진입하는 열차 소리에 묻혀 하나도 들리지 않았다.

오래전 무대 위에 섰던 순간이 데자뷔처럼 떠올랐다.

"희나야, 일단은 무조건 크게 말해. 연극은 마이크 없이 생목으로 공연한다는 사실을 잊지 마." 준은 리허설 때마다 강조했다. 하지만 준의 말을 곧이곧대로 들을 순 없었다. 소리만 내지르다가는 연기를 망치게 될지 몰랐다. 내 어설픈 연기로 극에 오점을 남기고 싶진 않았다.

다행히 공연일이 다가올수록 두려움과 함께 기분 좋은 긴장감이 덮쳐왔다. 무대 위에 서는 것은 부담스러웠지만, 연극을 준비하고 만들어가면서 나는 알 수 없는 희열을 느끼고 있었다. 사람들이 나의 말과 행동에 집중할 수 있도록 이렇게까지 정성을 다해보기는 처음이었다.

공연을 성공적으로 끝마치고 싶었다. 배역에 몰입해보고자 영문 대사를 한글로 번역해 옮겨 적은 뒤 수시로 읽어보았다. 지금도 토씨 하나 안 틀리고 외울 수 있는 대사였다.

우리들이 계획한 건 끊임없이 뒤집히지, 의도한 바 운명과는 정반대로 가는지라, 우리 생각 우리 것이나, 그 결과는 아니라오, 그리하여 둘째 부인 안 맞이하겠다 생각해도, 첫째 부인 죽었을 때 그런 생각 죽을 거요.

무대에 오르기 직전까지 머릿속으로 끊임없이 동선을

그려보았다. 대사를 끝마치면 배우 왕비를 한 번 따뜻하게 안아준 뒤, 무대 한가운데 놓인 벤치로 걸어간다. 발을 옮길 때마다 배에 용무늬가 화려하게 그려진 도포 자락이 서걱서걱 소리를 낸다. 발걸음 하나하나에 슬픔을 담아 보자. 금방이라도 울음을 터뜨릴 것 같은 얼굴을 한 채. 걸어가면서 읊어야 할 대사도 잊지 말기. *고정되어 있는 것은 진짜가 아니기에.*

그러곤 벤치 위에 비스듬히 눕는다. 각진 혁대가 허리를 아프게 누를지라도 찡그리지 않도록 조심하기. 그 상태로 먹물로 제조한 독약을 들고 뛰어올 조원을 기다리기. 독약이 귓가에 떨어지면 땅바닥에 털썩 쓰러진다. 무대가 암전되자마자 얼른 벤치를 치우고, 대기실로 달려간다. 소복으로 바꿔 입고 다음 신을 준비한다. 억울함을 풀지 못하고 구천을 떠도는 햄릿의 아버지 선왕 유령 역을 위해. 솔직히 그 순간만큼은 잠시 유령이라도 되고 싶었다. 이왕이면 제대로 해내고 싶었기에.

햄릿과 그의 엄마가 무대 한가운데에서 한참 싸울 동안 나는 흐릿한 조명 아래 조용히 서 있었다. 그러다 분노에 가득찬 목소리로 마침내 울부짖자 관객들이 수근거리기 시작했다. "어머, 저 뒤에 누가 서 있었던 거야?"

순간 심장이 빠르게 요동쳐왔다. 그들의 조그만 웅성거림은 내겐 그 어떤 소리보다 크게 들려왔다.

준의 말대로 유령은 내게 딱 맞는 역할이었을지도 몰랐다. 박수 소리도 3막이 끝난 뒤 가장 컸다고 했으니까. 역사 밖으로 나오자마자 버스 정류장이 보였다. 때마침 집으로 가는 방면의 버스가 다가오고 있었다. 나는 버스를 향해 전속력으로 뛰어갔다. 몇 걸음 안 되는 거리를 너무 힘차게 내달리다 보니 보도블록이 끝나는 지점에 다다랐을 때도 몸이 곧바로 멈춰지지 않았다.

버스가 엄청난 경적을 울리며 급정거했다. 정신을 차려보니 버스 앞머리가 코앞에 멈춰 서 있었다.

"이 아가씨가 정말, 죽고 싶어 환장했나!"

기사 아저씨가 창문을 열어젖히더니 대뜸 소리쳤다. 그는 미간을 잔뜩 찌푸린 채 나를 노려보고 있었다. 나는 사과의 말도 잊은 채 유령처럼 중얼거렸다. *내가 보이시다니 다행이에요, 정말 다행이에요……*.

두 발을 딛고 있던 보도블록이 미세하게 떨려왔다. 그것은 나만이 느낄 수 있는 은밀한 떨림이었다.

작가의 말

이미 쓰인 소설은 작가의 손을 떠나 독자를 통해 새롭게 쓰여야 한다고 믿는 편이다. 작가의 의도나 애초의 창작 배경과는 별개로, 독자들은 읽으면서 저마다 다른 해석을 할 수 있다. 자신만의 이야기로 각색해나갈 수 있다. 그것이 소설이 주는 숨구멍이라고 생각한다.

그럼에도, 나는 늘 소설을 읽고 나면 그 뒷이야기가 궁금했다. 이는 소설뿐만 아니라 영화나 연극, 음악 등 다른 장르에 있어서도 마찬가지다. 가끔은 창작물이 나오기 전 그 씨앗이 된 것들에 더 흥미를 느낀다. 무언가를 시작하게 만든 작은 조각과 단서를 찾는 일 말이다. 이를 테면 작가 훌리오 꼬르따사르가 한 잡지에서 교통 체증에 대한 어느 짧은 기사를 보고 영감을 얻어 「남부고속도로」라는 근사한 단편을 쓰게 되었다는 식의 일화를 접할 때면 어째서 그토록 설레는 것일까.

아마도 모든 시작점들이 품고 있는 무한한 가능성 때문이 아니었을까. 어떤 결과를 불러일으킬지 감히 예측조차 하기 힘든, 작지만 커다란(때론 기괴한) 첫 발자국.

그렇다면 『홀리오』 속 이야기들은 대체 어떻게 출발하게 된 것일까. 나는 어째서 이런 이상한 이야기를 짓게 된 것일까.

「잭오랜턴의 구멍」

거리를 배회하는 길고양이는 대개 예쁨을 받지만, 쥐는 자주 혐오의 대상이 되곤 한다. 물론 나도 고양이나 개를 보면 귀여워 냅다 달려가지만, 도심 속을 도둑처럼 활보하는 쥐를 우연히라도 마주친다면 곧장 도망부터 칠 것이다.

하지만 누군가는 쥐도 키운다. 실제로 래트와 햄스터는 인기 반려동물이다. 다만 길고양이를 은혜롭게 데려와 키우듯, 쥐를 집으로 선뜻 데려오기는 힘들지 않을까. 병균을 옮기고 다니는 시궁창의 더러운 쥐 이미지가 꽤나 깊이 자리잡힌 지 오래이니.

그래도 세상엔 바퀴벌레까지 잡아다가 열심히 번식시키는 곤충 애호가도 있다. 들쥐에게마저 관대한 사람도 어딘가에 존재할 수 있지 않을까. 「잭오랜턴의 구멍」 속 율처럼.

그보다도 사실 이 단편은 다음과 같은 질문에서 시작된 이야기였다.

"우리는 사랑하는 사람을 과연 어디까지 이해해줄 수 있을까."

내가 도저히 못 견뎌하는 무언가를 상대방이 고수하려들 때, 우리는 어디까지 참아줄 수 있을까. 이해하는 것과 받아들이는 것, 그리고 체념하는 것은 서로 어떻게 다른 걸까.

아니 그런데 대체, 사랑이란 무엇일까.

「홀리오」

올해 초, 개인적으로 여러 악재가 겹치며 힘겨운 나날을 보내고 있을 때였다. 어느날 우연히 스칼렛 마카우가 자유 비행 훈련을 하는 유튜브 영상을 보게 됐다. 나는 내 앞에 닥친 일들을 잠시 잊은 채 재생 버튼을 거듭 눌러대고 있었다. 그들의 화려한 비행 나들이에 푹 빠져버렸던 것이다.

하늘을 유유히, 때론 장난스럽게 활보하는 스칼렛 마카

우와 금강앵무새들은 묘하게 나를 설레게 했다…… 아니, 고백하자면 사실은 불안했다.

　자유비행은 쉽지 않은 훈련이다. 반려앵무새들은 비행에 익숙지 않으며, 오랜 훈련 끝에 능숙해졌다 해도 주인 입장에선 늘 마음 한구석에 불안을 품게 된다. 앵무새들이 오래도록 하늘을 누비는 장면을 보면서, 나는 주인도 아닌 주제에 계속 두려웠다. '돌아오지 않으면 어떡하지' 하고. 그런 생각을 품고 있는 스스로가 조금 낯설었다.

　나는 뭐가 그렇게 두려웠을까.

　사랑도 일도 나도 모르는 사이에 떠나버릴 수 있다. 내가 원하든 원치 않든, 상황이 그렇게 흘러갈 수도 있는 것이다. 나는 이를 받아들이는 일에 도무지 익숙지 않은 사람이었던 것 같다. 변하는 것이 오히려 자연스러운 일인지도 모르는데 말이다.

　그럼에도 늘 궁금하다. 우리는 대체 어디까지 알고 있고, 무엇을 진실로 받아들이며 살아가는 것일까.

「지하철 정거장에서」

　많은 부분이 각색되었지만 이 소설엔 실제로 경험한 일

이 많이 반영되어 있다. 대학원에 다니던 시절, 수업이 없는 요일마다 영어학원에서 몇 개월 일한 적이 있다. 첫 시강 때 나는 목소리가 작다는 지적을 받았다. 연기 학원에 다니거나 배우를 꿈꾼 적은 없지만, 대학 시절 연극 무대에 설 기회가 있었다. 희나와는 달리 나는 기쁘게 친구들을 초대했다. 준이라는 존재는 가상의 인물이며, 우리의 연극을 각색했던 저승사자 친구는 아주 뛰어난 연출가였다.

나는 목소리가 크지 않은 편이다. 그래서 사회 초년생 시절 이런 이야길 정말 자주 들었다. "지연아, 뭐라고? 잘 안 들려" "미안한데 좀 크게 말해주면 안 되겠니?"

하고픈 말은 늘 많았지만, 입밖으로 씩씩하게 내뱉기는 매번 쉽지 않았다. 성격 탓도 있었을까. 그래도 조금씩 변하고 있는 듯하다. 때로는 치미는 분노가, 때로는 나도 모르게 생겨난 용기가 내 앞에 슬그머니 마이크를 대주곤 한다.

이제 나의 불완전함을 온몸으로 끌어안고 『홀리오』를 세상에 내보낸다. 이 세상 모든 희나들을 마음을 다해 응원하며.

—2024년 7월